亲子系列

亲子假日

主编　谭地洲　罗　浠

编者　王　艳　陈　姝　朱　维
　　　耿　燕　郭江媚　李万平
　　　朱梦秋　张　丽

科学技术文献出版社

Scientific and Technical Documents Publishing House

北　京

（京）新登字130号

内 容 简 介

你也许有过这样的体验——平常工作繁忙，几近心力交瘁，好不容易有了节假日，又被孩子"纠缠"不清；本来有个美好的旅游计划，却因为孩子的"拖累"不得不放弃；最后你不无埋怨地说"还不如不放假呢"，而后又感叹："有了孩子真麻烦！"其实，解决这个"麻烦"的方案很简单——把孩子带出去旅游，让他学会亲近自然，让孩子的天性在青山绿水中自然释放……

科学技术文献出版社是国家科学技术部系统惟一一家中央级综合性科技出版机构，我们所有的努力都是为了使您增长知识和才干。

前言

"开发亲子空间,赢取亲子时间。"——这是本书的撰写目的。

作为新时代的中国妈妈,你有没有仔细算过,每天你跟孩子待在一起的时间究竟有多长呢?

曾经有一位妈妈跟我讲过这样一件事:

那是一个国庆节,她终于实现了对孩子的承诺——抽出一个假期,带孩子去爬山——仔细想来,也就真是这么一件原本不值一提的小事。早上,当一家三口收拾妥当,各自背上包,踏出家门之前,她儿子认真地望着她,由衷地发表了一句感叹:"妈妈,好久不见!"这是什么话?她埋怨儿子道:"你把妈妈给弄糊涂了!""是好久不见呀,我上学早,爸爸送我出门的时候你还没起床;我睡觉也早,我睡着了你才回家,所以,我们真的已经好久没见了……"

儿子纤尘不染的可爱回答揪紧了妈妈的心——一个屋檐下的"好久不见",这是怎样一出可笑的闹剧啊!而妈妈不正担当起了这幕闹剧的策划者吗!

不知道读到这里的妈妈可否也有过这种感受呢?

当然,妈妈们也自有其苦衷。平时工作太忙了,

行业竞争大,稍微的努力就意味着一整天的忙碌,遇到节假日,却走进了"不操劳就是不上进"的圈套。然而这是不行的,你的孩子需要你,可别让你的"操劳心"抢走了你与孩子相处的时间。

怎么做才好呢?这就是本书要为你解决的问题。

跟上我们的计划,带上孩子背上包,走出你的"操劳圈",把本属于你与孩子的相处时间夺过来。不仅如此,你还可以依照本书所讲的方式,让孩子在领略自然风光、体味不同地区人文精神和文化底蕴的同时,对他进行动作、智能、社交、独立、道德等方面的训练。你完全不用担心,孩子是这个世界上最活跃的生物,完全能做到走到哪儿学到哪儿。

那么,现在就开始吧,来制定并施行一举多得的出游计划!

启动篇　让宝宝走出户外

【一】户外，孩子的营养库 ………………………………… 2
　　○ 亲子空间开发计划 …………………………… 3
　　○ 宝宝户外活动方式 …………………………… 5
　　○ 妈妈是宝宝的户外老师 …………………… 10
【二】春夏秋冬亲子乐 ………………………………… 13
　　○ 春日里的亲子空间 …………………………… 14
　　○ 春日出游需注意 …………………………… 16
　　○ 春日出游的准备 …………………………… 17
　　○ 夏日里的亲子空间 …………………………… 19
　　○ 夏日出游需注意 …………………………… 20
　　○ 夏日出游的准备 …………………………… 23
　　○ 秋日里的亲子空间 …………………………… 25
　　○ 秋日出游需注意 …………………………… 26
　　○ 秋日出游的准备 …………………………… 29
　　○ 冬日里的亲子空间 …………………………… 30
　　○ 冬日活动需注意 …………………………… 32
　　○ 冬日活动的准备 …………………………… 33

第一篇　户外的动作发展训练

【一】激发宝宝的运动潜能 ……………………………… 36
　　○ 转过头来看妈妈 …………………………… 37

○ 宝宝"咸鱼翻身" ·········· 39
○ 宝宝抓物 ·········· 41
○ 宝宝的安坐训练 ·········· 42
○ 宝宝被动操 ·········· 43

【二】宝宝越爬越聪明 ·········· 46
○ 爬出来的聪明 ·········· 47
○ 带宝宝被动爬行 ·········· 48
○ 宝宝的半被动爬行 ·········· 50
○ 宝宝的主动爬行 ·········· 53

【三】宝宝的独立动作训练 ·········· 55
○ 让宝宝开始站和走 ·········· 56
○ 宝宝行走的初步训练 ·········· 58
○ 宝宝行走的提高训练 ·········· 59

【四】宝宝的手眼协调训练 ·········· 63
○ 宝宝手动作的发展阶段 ·········· 64
○ 发展宝宝的视觉能力 ·········· 66
○ 让宝宝发现自己的小手 ·········· 68
○ 训练宝宝灵活地运用小手 ·········· 70
○ 给宝宝一双巧手 ·········· 71

【五】让宝宝参加体育运动 ·········· 73
○ 让宝宝爱上运动 ·········· 74
○ 宝宝的平衡力运动 ·········· 75
○ 宝宝的力量训练 ·········· 78

第二篇　户外的智力培养

【一】丰富宝宝的知识 ·········· 82
○ 带宝宝认识水里的动物 ·········· 82
○ 学会为动物分类 ·········· 85
○ 丰富宝宝的生活知识 ·········· 87

【二】放手让宝宝去探索 ………………………………… 89
　　○ 让宝宝走上探索之旅 ………………………… 90
　　○ 放大宝宝的感官认识 ………………………… 92
　　○ 雨天里的探索 ………………………………… 94
【三】开发宝宝的想像力 ………………………………… 96
　　○ 为宝宝的想像创造条件 ……………………… 97
　　○ 手工游戏培养想像力 ………………………… 99
　　○ 在想像中猜谜 ……………………………… 100
【四】让宝宝感受美的事物 …………………………… 102
　　○ 感受自然之美 ……………………………… 102
　　○ 换一种视觉看自然 ………………………… 104
　　○ 感受傍晚之美 ……………………………… 105

第三篇　户外的社交能力培养

【一】培养宝宝的沟通能力 …………………………… 110
　　○ 父母启蒙宝宝的语言 ……………………… 111
　　○ 开发宝宝的听觉能力 ……………………… 116
　　○ 教宝宝礼貌待人 …………………………… 118
【二】宝宝的情绪教育 ………………………………… 121
　　○ 控制宝宝的消极情绪 ……………………… 121
　　○ 教宝宝调整情绪 …………………………… 125
【三】让宝宝大方得体 ………………………………… 128
　　○ 让宝宝学会适应社会 ……………………… 129
　　○ 让宝宝学会与人分享 ……………………… 132
　　○ 让宝宝懂得展示自己 ……………………… 135
【四】帮宝宝建立友谊 ………………………………… 139
　　○ 让宝宝学会与人合作 ……………………… 140
　　○ 宝宝户外合作游戏 ………………………… 141
　　○ 建立对别人的信任 ………………………… 143

第四篇　户外的独立意识培养

【一】独立生活能力培养 ·············· 148
　　○ 早培养宝宝的独立性格 ·············· 149
　　○ 练宝宝的空间方位感 ·············· 152
　　○ 培养宝宝的竞争意识 ·············· 154
【二】让宝宝意志坚强 ·············· 157
　　○ 培养意志力的方式 ·············· 158
　　○ 别虎头蛇尾 ·············· 159
　　○ 具备坚持不懈的毅力 ·············· 162
　　○ 宝宝的自我控制力 ·············· 164
【三】宝宝需要适当的冒险 ·············· 168
　　○ 危险中学会自我保护 ·············· 169
　　○ 野外的生存训练 ·············· 172

第五篇　户外的道德意识培养

【一】让宝宝具有社会公德 ·············· 176
　　○ 了解社会公德 ·············· 177
　　○ 教宝宝文明礼貌 ·············· 179
【二】对宝宝进行真情教育 ·············· 181
　　○ 爱心教育的方法 ·············· 182
　　○ 营造充满爱的生活 ·············· 184
【三】树立宝宝的责任感 ·············· 187
　　○ 如何培养宝宝的责任感 ·············· 188
　　○ 激发宝宝天生的责任心 ·············· 190
【四】塑造感恩宝宝 ·············· 193
　　○ 种一棵感恩的树 ·············· 194
　　○ 认知幸福的来源,以行为感恩 ·············· 196

启动篇 让宝宝走出户外

很多父母感慨：现在的孩子真幸福呀，要什么有什么，还没那么多繁杂的事去做……而孩子则会说：幸福什么呀，整天都被你们关在屋里，做你们安排好的事，真没劲！

这就是父母的主观意愿同宝宝客观需要之间的冲突。现代父母对宝宝成长予以的关注会明显增多，有时在某些方面甚至会表现得顾虑重重，怕宝宝受累、生病或遭遇危险……而这就是父母总会有意无意地限制孩子到户外活动的原因。

宝宝要健康成长，充分的户外活动是非常必要的。它不仅制造了一个亲子交流的自由空间，还能促进宝宝的身心发展。

户外活动，是宝宝健康成长的迫切要求！

◆ 户外，孩子的营养库

◆ 春夏秋冬亲子乐

【一】户外，孩子的营养库

好不容易一个周末，因为懒得动，我强留住小家伙跟我一起待在家里。他在他的玩具角玩玩具，我则躺在沙发上看电视。

"叮呤——"电话响了。

我慢悠悠地抓起电话，没想到电话里传来一个小孩子怯生生的声音，他说：

"……阿姨……您能不能跟我说几句话……"

原来，是一个被关在家里的4岁小男孩，本来他的妈妈答应他去动物园玩，结果临时有事去不了，于是就将他关在家里，有小朋友叫他玩，他也只能在窗口望着。万般无聊之时，他只好胡乱地拨了一个号码，找人解闷。

……

我看看我家的小家伙，他在聚精会神地玩他的拼图。

"儿子，你现在有空吗？"我问小家伙。

"有啊！"

"跟妈妈去动物园吧！"

小家伙抬起头，露出惊喜的表情。

时间尚早，一切都来得及。

○ 亲子空间开发计划

很多妈妈因为工作比较忙，经常回到家还会继续工作。即便是不将工作带到家里，也像永远有做不完的家事似的，个人时间排得满满的，跟孩子相处的机会就被无限期地押后，亲子在一起的时间就越来越短。

所以，我们建议妈妈以开发亲子空间的办法来赢取亲子相处的时间。不要一直待在家中，因为一旦待在家中，难免会有很多不需要你马上去处理的事情跳到你面前，逼迫你马上去处理——你需要避开一些眼前杂事，将宝宝带到户外，轻松忘我地跟宝宝一起玩乐。在玩乐的同时，对宝宝进行体能、智能和道德培养。

将宝宝带到户外，应当从宝宝的身心发展两方面进行考虑。这里，妈妈可以先确立计划的目的，再制订计划的项目。

目的 1: 培养健康宝宝

这是从发展宝宝体能的角度考虑，妈妈要将宝宝带到户外，进行各种锻炼宝宝体能的游戏和活动。

很多家庭都住在高楼大厦里，宝宝的运动量明显不足，而且饮食越来越精细，外表的白白胖胖并不代表身体素质好，所以，当你的宝宝开始学走路的时候，妈妈就应当在固定的时间带他去散步。越长大，宝宝能进行的体能锻炼活动越多，妈妈可将让宝宝进行的运动方式记在备忘录上，作为 1 个月甚至几年内的中长期计划来施行。

目的 2: 丰富宝宝的知识

这是从发展宝宝智能的角度考虑，妈妈要以度假或旅行为目标，春天带宝宝赏花、夏天可去海边戏水、秋天去赏枫叶、冬天去滑雪等

等。当然,我们只是举一些因季节而异的特殊例子,而在出游的过程中,一定还有各种各样的景物和事情,会给宝宝带来不同的感受和体验,这都需要你教宝宝去认识。

需要注意的是,季节不同,出游前的准备就不同,妈妈要将各个季节的特殊事宜记录在备忘录上。

即使是去看看家里小区内的林木,或者是去城市边沿的郊外逛逛,也可称之为旅行。小小的外出旅游体验,带给宝宝的刺激比什么都大,宝宝在好奇心的驱使下,会主动去认识各种事物,这能增长宝宝的见识,让宝宝记住一些单靠书本很难教给他的事物。

目的3:让宝宝爱生活

如何让宝宝关爱生活,从而关爱生活中的人呢?

有时候创设情景是不够的,宝宝需要现场的体验,因此,除了平时为宝宝讲一些社会上发生的事之外,妈妈还可以带宝宝走进人群,近距离地接触生活中的各种事情。

让宝宝体会真实的社会生活、敢于面对真实的生活,从而获取一种积极乐观善意的生活态度——这也是妈妈将宝宝带到户外的目的之一。

·备忘录·

为了让出游计划和培养目的容易实现,妈妈需考虑以下几方面:

(1)从孩子的实际能力出发,不苛求

宝宝的体格、才智、品格都是分阶段发展的,因此,妈妈在制订计划的时候,首先要考虑宝宝某一阶段的能力,以孩子能力发展的步调来决定"进度",不要过于强硬地要求宝宝达成某个目标。就算是宝宝暂时无法达成在某一特定年龄阶段应具备的能力,也不要责怪宝宝。如果出游的目的性太强,反而会让所有出游的人兴致全无。

（2）从家庭的经济能力出发,不吝啬不铺张

养育宝宝并非一朝一夕的事,所以从经济能力出发才是长久之计。妈妈应按家庭收入多少来决定出游花费的多少。并不是高消费才能让宝宝长知识,盲目地追求时下风潮也不是让宝宝学东西的有效途径。妈妈只要相信自己的感觉,做到跟宝宝开心出游即可。

（3）随着变化,适当修改计划内容

在施行出游计划的时候,妈妈要注意观察宝宝的状况。若觉得有不合适的地方,则可修改,让你的计划变得有价值。

（4）宝宝是计划的主人

妈妈在制订计划时要征求宝宝的意见,听听宝宝自己的喜好——为自己的事做计划,这其实就是对宝宝责任感的训练。妈妈是计划的协助者,而非计划的主导者,你要做的只是将宝宝带到他所希望的环境中去,营造一个推动计划实现的空间。

○ 宝宝户外活动方式

户外活动不仅是宝宝亲近自然的最佳途径,也是训练宝宝健康体魄、赋予宝宝乐观人生态度的有效手段。

宝宝就是在如下活动中健康成长的。

◆ 郊游

大自然中的阳光、空气会给宝宝带来活力,宝宝呼吸了大自然中

的新鲜空气,食欲会得到增强,面色会更加红润,精神会更加饱满。大自然中的温度变化,可培养宝宝对外界温度变化的适应能力,抵抗力得到增强。同时,让宝宝待在大自然中,接受阳光的照射,会使宝宝身体内产生维生素 D,这可预防佝偻病。

宝宝还可在野外玩掷皮球、在河边叠纸船、在沙滩上挖地道等游戏。不仅锻炼了体格,而且内心受制约的感觉大大减小,探索精神得到了加强,他们是活动的主动参与者。因此,其想像力、动手能力和创造力能得到充分发挥。

当宝宝在郊外捕捉昆虫(如瓢虫、蝴蝶等)时,会结合书籍或杂志中的图片认识昆虫,更深入真切地认识大自然。

小 提 醒

郊游的时候,若需要宝宝连续走路,应注意在宝宝连续走路 30 分钟之时让他休息。不要走得太久,以免脚部疲倦,发生肌肉疼痛、抽筋等问题。

◆ 去公园

公园里有滑梯、摇椅、翘翘板、弹簧木马、沙堆等可供宝宝玩耍的游乐设施,这些游乐活动可以训练宝宝的平衡感。

很多公园还专门为幼儿设立了游乐区,妈妈可以让宝宝试着爬上去,训练他的手脚及手眼协调能力。

◆ 旅行

旅游对宝宝的好处肯定是不言而喻的。

首先,旅游能激发宝宝的好奇心。除了欣赏历史及自然环境之外,宝宝在旅行途中,经历新的人、事、物,亲自体验不同民族或各种环境差异,其好奇心会大大增强,进而提出更多的问题。当宝宝对不同的风俗习惯和处事态度有更深入的了解时,他的心胸便开放了,能够接受新事物和新观念,并深入地了解自己居住的地区与整个大世界的关系。

其次,亲子同游能让家人更加亲近。分享旅游的苦乐能够产生真实的亲密感,当亲子一起分享了一次奇妙的探索或令人难忘的旅行后,会更加了解彼此的个性。这种融合感将成为小家庭成长和健全运作的长久动力。

小 提 醒

　2 岁以下的宝宝,因其体力无法负荷,再加上走路还不稳定,所以,不太适合爬山这种活动。

◆ **户外合作游戏**

当你的宝宝与其他宝宝在户外玩跳绳、弹跳、跳皮筋、拍小皮球、踢小足球等游戏时,能增强其手部运动能力及四肢的平衡能力、肌肉张力的训练;而宝宝玩"造房子"、玩水、玩沙则是在亲近自然。

看似简单的游戏活动,其实有不少规则,正如几个小宝宝一起玩滑梯或跳皮筋,就得有个先后次序的问题;一起玩球类运动,就有合作与配合的问题。心理学家认为,孩子要从一个生物意义上的人成长为一个社会意义上的人,必须经历一个社会化的过程;而孩子就是在与小伙伴的交往和游戏中,与社会发生初步接触的,在接触中,他能了解

并且掌握为人处世的种种准则与规范。

◆ 出外购物

　　妈妈外出逛街逛商场超市的时候,完全可以带上宝宝。不同的面孔、不同的声音、不同种类颜色的物品……都会使宝宝欢欣鼓舞,而这时宝宝的见识也得到了增长。

·备忘录·

　　不适宜宝宝太早玩的户外活动:

　　(1)拔河

　　拔河可能让孩子"伤心"、"伤筋"。拔河时需屏气用力,当屏气过长,突然开口呼气时,静脉血流会突然涌向心房,损伤孩子柔薄的心房壁。同时,幼儿时期,宝宝固定关节的力量很弱,骨骼弹性大而硬度小,拔河会抑制骨骼的生长,甚至引起肢体变形,并有关节脱臼和软组织损伤的危险。

　　(2)力量锻炼

　　幼儿时期,宝宝的身体发育以骨骼生长为主,还没有进入肌肉生长的高峰期。若过早地让宝宝进行肌肉负重的力量锻炼,一来会造成宝宝局部肌肉过分强壮,影响身体的匀称;二来肌肉过早受刺激变得发达,会增加心脏等器官的负担。所以,妈妈不要让幼小的宝宝从事引体向上、俯卧撑、仰卧起坐等力量练习。

　　(3)长跑、负重跑

　　长跑对人体各关节的冲击力太强,对于幼小的宝宝来讲,会影响关节处的骨骺发育,影响宝宝长高。同时,长跑也是一项心脏负荷运动,过早地让宝宝进行长跑,会使宝宝的心肌壁厚度增加,限制心腔扩张,影响心肺功能发育。

让宝宝进行负重跑,变形的跑姿容易导致运动损伤。

(4)扳手腕

如同拔河一样,扳手腕也需要屏气用力。在这个过程中,心壁会受到过强的刺激。同时,宝宝各关节的关节囊比较松弛,扳手腕容易扭伤,而且,如果长时间使用其中一只手扳手腕,会造成左右手臂发育不均衡。

(5)兔子跳

宝宝学兔子跳,起重心所承受的重量相当于自身体重的3倍,这对骨化过程尚未完成的宝宝来讲,容易造成韧带和膝关节损伤。

(6)倒立

倒立太频繁或每次倒立时间过长,会影响眼睛对眼压的调节。

(7)碰碰车

若你的宝宝还没到10岁,那么,最好别让他玩碰碰车。幼小宝宝的肌肉、韧带、骨质和结缔组织等均未发育成熟,并且非常脆弱,在强烈震动之下,会造成扭伤和碰伤。

(8)玩滑板车

若你的宝宝还没满8岁,那么最好别让他玩滑板车。因为,幼小宝宝的身体正处于发育的关键期,若长期玩滑板车,腿部肌肉会很发达,影响身体的全面发展,甚至会影响身高发育。同时,玩滑板车时,宝宝的腰部、膝盖、脚踝需要用力支撑身体,容易造成扭伤。当然,如果你的宝宝已经会玩滑板车了,一定要做好防护,并应在平坦宽敞的非交通区域玩耍。

(9)用小区健身器材健身

一般情况下，小区里的健身器材原则上就是给中老年人配备的，所以，明显都是成人的规格。在做好安全防备的情况下，妈妈可以让宝宝玩小区内的健身器材，但是不要把它们当成宝宝的健身器。

○ 妈妈是宝宝的户外老师

妈妈是宝宝的第一个老师！

那么，在带宝宝走到户外之前，妈妈首先要花时间考虑一下：在整个户外活动中，你将发挥什么样的作用？如何才能做到既为宝宝带来快乐，又让宝宝有所收获呢？

以下为妈妈提供四项建议——这四项建议的基础是尊重孩子和尊重现实世界。通过这四项建议，妈妈能够很好地引导宝宝，使宝宝精力充沛、活泼好动不至于调皮捣蛋。

◆ 观察体验在先，发表意见在后

现实生活中，特别是自然界里，有很多景象会让宝宝神往——天空中的一道彩虹、蓝绿色的湖水，刚学会飞的燕子……很多现象在大人眼里根本不足为奇，而经由宝宝的眼睛一看，它们就充满神秘莫测的力量。事实正是如此，宝宝对于他观察到的东西是非常专注的。

所以，要让宝宝与周围的环境融为一体，进而配合妈妈的训练方案，妈妈就必须先让宝宝亲身体验一下户外的世界，这种直接的体验比间接地接受知识更有感触，并且记忆深刻。

一切从宝宝的体验出发，当宝宝向你提了一个你无法回答的问题时，不必难为情。当你实在不知道一种动物或一株植物的名称时，可以让宝宝把动物或植物的特征记下来，便于以后查询资料——在不知不觉中，妈妈就会发现，原来宝宝是自己在带领自己增长知识。

◆ 抛弃教条,向宝宝传达自己的真实感受

除了增加宝宝的直接体验之外,妈妈真诚地向宝宝讲述自己的感受也是相当重要的。这有助于引起宝宝的共鸣。

当妈妈想让宝宝认识一棵树的时候,不能像上课一样向宝宝指出这棵树的茎和叶,而是应当从自己的感受说起。比如你可以告诉他,你是多么地佩服某棵树,它长在海拔很高的地方,夏天经历酷暑、缺水,冬天经历严寒,在凛冽的北风下,那棵树依然迎风矗立。当宝宝对这棵树产生兴趣之后,妈妈则可以告诉他,铁杉就是这么生长的,然后再为他讲解树是如何在坚硬的岩缝中扎下根来,并维持其生命的。

当宝宝认识到了铁杉的顽强生命力之后,也许同样会对这棵树产生敬畏之心,他会用水壶为树浇水,并将这种爱心传达给每一棵树。

事实正是这样——当妈妈把自己的想法和感受如实地告诉宝宝时,他就努力地挖掘自己的感受,这么一来,你与宝宝之间就建立起了一种奇妙的、能够相互信任的友情。

◆ 善于接纳宝宝的感受

接纳是倾听和了解的结果。

在与宝宝户外相处的过程中,若妈妈懂得接纳宝宝的意见和感受,那么,宝宝的热情能被很好地激发出来。所以,当宝宝提出问题或评论周围的事物时,妈妈要抓住这个沟通的良机,要对宝宝的心情和感受做出回应,顺着宝宝的好奇心培养他的学习兴趣。

你会发现,一旦宝宝感受到了自己被尊重,你们之间的沟通就会变得轻松又愉快。

◆ 让快乐贯穿始终

户外活动的一开始,妈妈就要营造出一种快乐的气氛。

有的宝宝不能马上习惯近距离地进行观察和探索,所以你得给他找点乐趣,通过提出有趣的问题、指出有趣的景象或声音,尽量吸引宝

宝的注意。一步一步地,将他带入观察的状态中,并让他知道妈妈对他的观察是非常感兴趣的。

与此同时,妈妈还要留心周围环境的变化,做一个有心人。当你发现了令人兴奋或有趣的事时,可以马上让宝宝跟你一同观看——即使这些变化根本就在你为宝宝设置的"课程计划"之外——突如其来的东西总是最惊心动魄的。

让宝宝快乐起来,妈妈就要给他一个快乐的范本。妈妈快乐了,宝宝会自然而然地被你吸引。

总之,无论是动感的游戏,抑或仅仅就是安静的体验,快乐都必不可少。

快乐是能传染的——妈妈应记住这一点。

【二】春夏秋冬亲子乐

小家伙长到三个月的时候,就已经爱上了游泳。

当初,这个粉嫩嫩胖嘟嘟的小家伙,脖子套着一只浅蓝色的小游泳圈,在宽敞的浴缸里,双手张开,欢快地游动着。伴随着浴室里欢快的乐曲,他嘴里还要咿咿呀呀地唱着、咯咯地笑着。他爱游泳的程度,到了每天不游泳一次就哭闹不吃东西的地步。

其实我早就知道,游泳是宝宝天生的本领。小家伙出生时,随着他的一声哭喊,接着他的脐带被剪断——这就如同两栖动物突然跑到陆地上生存,要开始学着使用肺在这个陌生的世界呼吸——而就在这个适应新世界的过程中,他的游泳本领会逐渐被遗忘……

于是,宝宝出生没几天,我就跟他玩起了母子同游的游戏,让他体会重回母体的欣喜。

宝宝需要真切地认识这个世界,需要用身体跟这个世界交流,做妈妈的就应该春天带宝宝认识绿色,夏天带宝宝游泳,秋天带宝宝认识金色,冬天带宝宝打雪仗。

回归自然的宝宝,身心最健康。

○ 春日里的亲子空间

万物复苏的四月正是踏青的最佳时节。

宝宝脱去了厚重的冬衣，行动变得方便起来，这时候，妈妈就可以带宝宝出去感受春的气息了。在哪里能找到春天呢？

其实到处都是春天，带宝宝出门买早餐、买菜，楼下就能看到春天的样子。当然，还可以在假日的时候全家人一起外出探索大自然。

◆ 去植物园观植物

植物园是最能体现春天气息的地方——如果你的宝宝还小，不好去太远的话，植物园便是妈妈让宝宝认识春天的最佳地点。

为宝宝穿上足够保暖的衣物，带些小点心，再带一块野餐布。在植物园里，可以让宝宝看树枝上的嫩芽，然后启发宝宝感受植物的颜色姿态和冬天有什么不同。冬天外出机会很少的宝宝，在春天里出门看到生机盎然的绿树花草会有止不住的兴奋。在兴奋里，他们认识事物的渴望和记住事物的能力会大大增强。

◆ 去野外放风筝

在微风习习的春天，妈妈可以让宝宝穿上暖暖的衣服，带宝宝出门放风筝。

放风筝还是宝宝非常感兴趣的娱乐活动。同时，它还是一项全能运动，需要手、眼、脑、腰、腿等相互配合，这种全身性的配合活动对宝宝身体的各部位和感觉统合发展大有帮助。

放风筝的地方可选在野外，或者选一片篮球场大小的空地。同样的，妈妈可以带上野餐用品。

放风筝的时候，妈妈和爸爸可先为宝宝演示：在怎样的情况下放线、收线，什么时候该跑一段路，什么时候又最好原地不动——当风筝上升或倾斜时,需要奔跑、拉线、左右摆动;当风筝已经升到了一定的高度,则可以稍稍走一下神,或者把风筝的线圈用一块大石头压住,然后一起吃点小零食。

◆ 去乡下,做一次农家人

妈妈可以带宝宝去农村的爷爷奶奶或其他亲戚家,看看绿色的田野,去地里挖野菜,做一次农家饭……这也是春季出游的一个不错选择。当然,出发之前要听好天气预报,选择一个晴天。

◆ 去公园

公园里的空气好,并且会有大片树木和草地,是宝宝认识春天的好去处。

如果你的宝宝喜欢看鱼,那公园更是一个不二选择,因为公园里有可以自由垂钓的湖,妈妈可以带着饼干或面包屑,让宝宝自由地往水里撒,让他看看鱼争抢食物的场面。顺便还可以让宝宝观察自己的影子,看到水中的人和他做同样的动作,他一定会很开心。

当然,宝宝在水边玩耍时,妈妈一定要多加注意,保证宝宝的安全。

·备忘录·

放风筝的注意事项:

(1)建议购买宝宝喜欢的动物或卡通形状的风筝。

(2)选取体积小、重量轻的风筝,保证宝宝拿得起为好。

(3)选取颜色鲜艳的风筝,以便风筝飞上天后宝宝容易辨认。

(4)风筝放飞得太高不利于宝宝操作,且也不好控制,所以,放飞风筝时高度应适可而止。

○ 春日出游需注意

妈妈在带宝宝出游之前,应该权衡时机,若时机不对,则改日出游。

在做权衡的时候,可以遵循以下的准则:

◆宝宝的身体和精神状况良好才出游。

◆天气晴朗、气温适宜才出游。

◆应尽量多选择空气新鲜、有花草树木的地方。

◆旅途奔波的时间不宜太长,以免宝宝不耐烦。

带宝宝去一些妈妈常去的公共场所是有必要的,当然,妈妈也要注意以下一些问题:

◆感冒或传染病流行的时候,尽量不带宝宝去公共场所。

◆带宝宝逛街时,妈妈不要忘乎所以,尽量控制逛街的时间。

◆在公共场所内,妈妈要随时留意宝宝的状况,留神周遭的陌生人。

◆妈妈应选取便于活动的衣服,这样才能照顾好宝宝。

◆最好不要去太吵杂的公共场所。

◆若宝宝未满 6 岁,最好别带他进电影院。

◆若宝宝突然转变情绪,开始哭闹,妈妈应及时带他回家。

通常情况下,妈妈都会选取带宝宝去大自然的出游方式,这里,妈妈也要注意一些问题:

◆注意防止蚊虫叮咬,可为宝宝抹上驱蚊花露水。

◆别带宝宝去看恐怖的景致或动物。

◆要一直待在宝宝的

视线范围内，不要将他单独放在推车内。

◆避免太阳直射宝宝的脸。

◆气温下降时，记得为宝宝添衣服。

◆为宝宝制造跑跑跳跳的机会，最好全家人一起活动做游戏。

◆不要透支精力，玩累了就休息，记得喝水。

◆宝宝的纸尿布不要随意丢弃，做一个环保人，为宝宝做榜样。

◆天黑之前则应回家。

○ 春日出游的准备

决定带宝宝出游之前，妈妈得做好一系列的准备，"重装"上阵。

当然，重装上阵并不是想像中那么严重的，只是说，妈妈应当考虑周全，带够所需的一切东西，做到有备无患。

◆ 约好同行者

妈妈、爸爸和宝宝，三个人当然是必不可少——若可以的话，爸爸妈妈可组织一个踏青小分队，约上几个有宝宝的朋友或同事，结伴而行，让宝宝可以跟同龄宝宝交流玩耍，他寻找春天的乐趣和兴趣会更加浓厚。

◆ 衣服

给宝宝穿上合身且便于活动的衣服。若要给宝宝拍照，可以选取颜色鲜艳的衣服来穿。春天是乍暖还寒的时候，要为宝宝多准备一件保暖外套。

◆ 干粮及开水

大自然里的负离子能激活人体内的多种酶，促进消化吸收、加速代谢，所以，建议妈妈为宝宝准备些巧克力和饼干，饿了充饥。

◆ 鞋

这也是很重要的出游道具之一。

出外踏青,免不了过一些沟沟坎坎,要想让宝宝玩得开心,又不太累的话,选鞋是最关键的。大人和宝宝都要穿上大小合脚的运动鞋,保证鞋子轻便、结实、透气。

◆ 玩具

在行程里,宝宝很有可能觉得无聊,所以,妈妈应为宝宝准备一些轻便的玩具。

◆ 雨具

春雨虽小,但仍然会湿身,所以妈妈要提前准备好雨具。

提前查看天气预报也是尤为必要的。

◆ 药箱

春季里的皮肤是最脆弱的,再加上气温时高时低,皮肤也许会无法适应,容易过敏。因此,妈妈要带上抗过敏、解毒的药物和一些护肤品,以及驱蚊虫的药水。

◆ 手推车

若宝宝还处于尚未学会跑跳的年龄,那么建议妈妈为宝宝带上手推车。原因是,长时间地抱着或背着宝宝,妈妈和爸爸都会觉得很吃力,这会影响出游的兴致——宝宝还未必舒服。所以,准备一架安全、轻巧的手推车是非常有必要的。最好选取有双重安全锁的手推车,停放的时候可避免其滑动,下坡时也比较安全。

◆ 其他

别忘了给宝宝准备一顶遮阳帽,尤其是在树木多的地方,它还有保暖、遮阳、挡雨、防风以及避免虫子或蜘蛛丝侵扰等功能。还需要准备纸巾、手帕、干净塑胶袋、纸尿布、奶嘴等。

○ 夏日里的亲子空间

遇到凉爽的夏日，妈妈可像春季一样带宝宝出游，做好恰当的准备。而夏日炎炎的时候，出游活动就会受到限制——面对这种情况，选取哪种出游活动最好呢？

◆ 爬山

爬山对宝宝来说，是一件很有意思的活动，而且越往上爬越凉爽。

很少出外旅行的宝宝见到山总是会很兴奋。妈妈可以为宝宝带上小桶、小铲等，在山上挖土对宝宝来说是件非常兴奋的事。当然，爬山之前，妈妈可以先让宝宝认识书上的一些图片，然后把书带在身上，让宝宝把眼前各种各样的叶子与书上的作对比，进一步认识植物。还可以让宝宝先看看各种鸟类图片，听着鸟叫，认识小鸟。若有很多人结伴而行，妈妈可以让几个小宝宝一起找树叶、用小桶捞鱼……

◆ 玩沙

幼小的孩子天生就爱玩沙，这是大自然给宝宝的天然玩具，宝宝可根据自己的意愿随意玩耍，充分发挥自己的思维和想像能力，并能锻炼其手眼协调能力。

这里首先需要妈妈放松戒备，对宝宝来讲，玩沙是一项健康的活动。宝宝用小铲子、筛子和一些瓶子罐子当模子，造出他们理想中的"城堡"，实际是一种益智活动。如果他们还懂得将一些小动物小花放在"城堡"内，这就是在创造了。

◆ 游泳

游泳对身体的健康发展大有裨益,这里不必多讲。

需要提醒妈妈的是若你想让宝宝去学习游泳,最好在宝宝出生不久就寻找这方面的专门教练指导宝宝——宝宝在妈妈肚子里就会游泳,出生后会有在水中游动的记忆,所以越早学习游泳越好。

在带宝宝游泳时,要选择正规的游泳馆。开始游戏时,要为游泳的宝宝戴上防护镜,以保护眼角膜。

宝宝学会游泳后,如果妈妈是自行带宝宝到游泳池,一定要先熟悉水深,下水之后要留意宝宝的游泳状态,跟随在宝宝身边。

小 提 醒

(1)玩沙前,妈妈要提醒宝宝不要用带沙子的手去揉眼睛和鼻子。

(2)若宝宝因为玩沙手部出现过敏,则要停止。

○ 夏日出游需注意

◆ 防晒

夏天的阳光相当强烈,防晒是需要注意的第一步。

当遇到正午过后的烈日,妈妈应为宝宝擦上适合他皮肤的防晒霜,如果皮肤长时间暴露在烈日下,会造成Ⅰ~Ⅱ度灼伤,并可能发生中暑现象。同时,烈日对眼睛也有伤害,妈妈应为宝宝戴上遮阳帽或防紫外线的太阳镜。

◆ **多饮水**

夏季出游出汗必定多,所以妈妈应当及时让宝宝补充水分。需要注意的是,教会宝宝正确的饮水方式。提醒宝宝不要学广告中的模特一样,拿起一瓶水一饮而尽——这从生理角度来讲,是非常有害的,这会影响身体的血液循环、影响消化,还会给心脏增加负担。其身体反应就是出汗更多,盐分进一步流失,甚至可能引发痉挛和抽筋。

妈妈应让宝宝一次只喝几小口水,增加喝水的次数,不渴的时候也要补充水分,让水分均衡有序地得到补充。

◆ **少喝冷饮**

在炎热的夏季喝冰镇饮料的确是一件很享受的事,但妈妈要注意,在活动中或者是活动结束之后,不能马上给宝宝大量的冷饮喝。因为冷饮不仅会降低胃的温度,还会冲淡胃液,损害胃的生理机能,容易引起消化不良和腹泻,严重情况还会导致急性胃炎。

喝冷饮也应遵循喝水的原则,也应少量多次地饮用。活动结束以后,需等到身体的温度大幅度降下来以后,才喝冷饮料。

◆ **防止中暑**

夏季出游时,由于气温高,身体散发热量不及积累热量快,如果不注意防范,就容易引发中暑。

夏季活动中,为了防晒和防止身体被茅草、荆棘拉伤,妈妈通常会让宝宝戴帽子,穿长衣长裤,这就为散热带来了问题。所以,为帮助热量散发,在阳光下行走时,妈妈可以用水把帽子浸湿;在阴凉的地方行走时,可让宝宝把帽子去掉;尽量选取阴凉和通风的地方休息,休息时,把背包放下来,将衣服的纽扣解开一些。

若宝宝发生肌肉抽筋,应马上休息,慢慢地按摩抽筋的部位,让肌肉舒缓伸展开来,并及时补充水分和电解质。

若宝宝身体出现脉搏加快、眩晕、虚弱、恶心等症状,这就是热衰

竭。遇到这种情况要赶快对身体进行降温处理，停止活动，在阴凉处将宝宝的双脚抬高，头部稍微放低，补充水分和电解质以及流质的东西，也可服下十滴水、人丹、藿香正气丸等防暑药品。

若出现中暑现象，应采用蒸汽冷却法，把水均匀地洒在宝宝身上、头上，并不断吹风，将毛巾弄湿，放在宝宝的额头。如果宝宝的吞咽能力没问题，可以给他喝冷的流质物，补充水分和电解质，服下十滴水、人丹、藿香正气丸等防暑药品。

一般来说，轻微的中暑在经过处理恢复正常之后，基本可以继续完成后续活动；而严重的中暑，除非恢复得很好，否则最好是退出活动。

小提醒

出游时，要注意步行节奏，行走一个小时则应休息一下，在高温下应每半小时休息一次，并根据身体情况调整休息时间。

◆ **防止热伤风**

夏季活动时，人体内部产热快，皮肤的毛细血管会大量扩张，以利于身体散热。如果这时突然遭遇过冷的刺激，身体表面开放的毛孔便会突然关闭，造成身体内脏器官功能紊乱，大脑无法调节人体的体温，就会引发夏季感冒，也就是我们常说的"热伤风"。

在出游途中，妈妈和宝宝都已经大汗淋漓了，这个时候，如果看到山泉、溪流、池塘等，千万不能贪图一时之快而立即跳下去感受冰凉——须得等身体温度降下来以后再洗凉水澡。

在出游结束身体还未降温之前,如果有空调,妈妈千万要叮嘱宝宝不要对着空调吹自己的身体,最好是用自然风为身体降温,等身体温度降下来之后再开空调。

◆ 不要穿湿衣服

夏季活动时大量出汗,衣服容易被汗湿。如果到达目的地之后,任凭衣服湿着,靠人体自身的体温把衣服烤干,这对身体是极其有害的,容易引发风湿或关节炎。

建议妈妈多为宝宝准备一套备换的贴身干衣服(尤其是上衣)和一件外套,到达目的地之后,让宝宝把湿衣服换下来。在活动途中休息的时候,若遇到风大的情况,要及时让宝宝穿上外套,否则人的身体遭遇忽冷忽热,很容易引发疾病。

小 提 醒

(1)为方便汗水挥发和散热,妈妈最好为宝宝选取快干并防紫外线的衣服。

(2)若有裤腿能拆卸下来的裤子最好。

○ 夏日出游的准备

这里,妈妈首先要参考春季出游的准备,在此基础上,考虑夏季的气候因素,做一些额外的准备。

◆ 着装

妈妈需要为宝宝准备长裤,这是为了走丛林时防止被植物或岩石

刮伤;还要准备长袖衬衫,除了防止划伤之外也有防晒作用。若出游的地点为丛林地带,需要准备线手套,同样是防止刮伤和刺伤;还要戴上遮阳帽,最好是帽檐很大,阴影能遮住宝宝的耳朵和脖子。准备凉鞋或凉拖应选取舒适轻便的,它们能在淌水时发挥作用,同时还能释放双脚的热量。

◆ 小水壶

夏季出游补水是关键,因此,应随身带一个小水壶,及时补水,见到水源还可随时取水,以保证充足的饮水量。

◆ 保温壶或保温瓶

由于高温情况下,食物和饮料容易变质,若妈妈要为宝宝带食物,则要准备一个能保持低温的水壶。

◆ 防晒霜

最好随身携带 SPF 值大于 15 的防晒霜。

◆ 太阳镜

宝宝的眼睛尤其稚嫩,所以需要为他配备儿童专用的太阳镜,以防止晒伤。

◆ 其他

准备一个扇子,可以在休息的时候做散热用。在宝宝兜里放上小手绢或纸巾,以便随时擦汗。带上爽身粉,为宝宝扑上一些,有保护皮肤的作用。需要注意的是不能扑得过多,以免被孩子吸入,影响其呼吸系统。

妈妈将吃的、用的准备齐全即可,不要带太多作用重复的东西,否则包袱会累得人喘不过气来,根本无暇欣赏沿途风光,出游也就失去意义。

·备忘录·

宝宝抵抗力低，因此，带宝宝出游要格外注意卫生和防病。

消毒湿纸巾和防蚊水是必备之物。除此之外，准备一个小药箱，可为妈妈解决很多小麻烦。

宝宝的药箱：

（1）十滴水、人丹、藿香正气丸、清凉油等防暑药品。

（2）温度计和常用的感冒、退烧、腹泻、抗菌消炎药以及止痛类药物。

（3）若宝宝晕车晕船，应带上防晕药，做到有备无患。

（4）红花油、创可贴、外用绷带。

有了药箱还要懂得使用，所以，在出游之前，妈妈还应了解一些安全和急救常识，以免遇到意外时手忙脚乱。每到一个地方，应了解当地的卫生情况，打听好当地儿童医院或儿科诊所的位置，如果宝宝患上发烧、腹泻等严重病症，要及时就医。

○ 秋日里的亲子空间

春季里的活动一般也适宜宝宝在秋季里进行，所以，宝宝在秋天里玩什么好，妈妈可以参考春季的活动事项。若妈妈打算利用五一长假和国庆长假带宝宝出外旅行，需要从多方面进行考虑。

带宝宝去较远的地方旅游不是一件容易的事。一般说来，宝宝坐两个小时以上的车就容易疲惫、闹情绪，这大大影响了旅行的兴致，而

亲子假日

回程太长,宝宝在车上睡着,又容易着凉。

　　旅行对宝宝生活的影响是很明显的,宝宝跟大人不同,旅游之后,他还会持续兴奋3~5天,心久久收不回来,所以,如果让宝宝整个长假都泡在旅途上,不给他缓解的时间就让他回到上幼儿园的生活中,他可能会出现短暂的不适应,甚至会任性地哭闹。所以,妈妈若打算带宝宝参加旅行,最好是选择近郊一日游(旅行时间不宜超过3天)。

　　有条件的家庭最好是进行自助旅游,因为宝宝常常会赶不上旅游团的"进度",为了避免这种尴尬,自助旅行是最好的选择。至于旅行地点,建议选择比较有"野趣"的大自然。

小提醒

　　(1)初秋的太阳依旧猛烈,妈妈最好选择带宝宝去有绿阴的风景区,在海滩玩也要准备遮阳伞。

　　(2)事先打听好旅游区有没有干净、安全的饭店。

　　(3)若宝宝在旅途中问了一个你无法回答的问题,不要胡乱解释,可以直接告诉他你也不太清楚,要回家一起查资料找答案。

　　(4)途中饮食最好是清淡一点,旅行在外一切都要重新适应。如果出现腹胀和便秘,晚上可用毛巾热敷宝宝的腹部。

○ 秋日出游需注意

　　这里我们谈谈长假旅行途中,对于培养宝宝各种能力的妈妈应注意的方面:

26

◆ 让宝宝自己承担一些力所能及的小事

旅游途中,妈妈可以让宝宝背上自己的零食,让他学着自己找座位。在饭店用餐时,让宝宝学着为人服务,拿筷子、调味品等。到达旅行景点之后,可教宝宝学拍照。若用的是胶卷相机,就让宝宝帮忙拿镜头盖,吩咐他将胶卷包装袋、旧电池等废物扔到分类垃圾箱里,以此培养他的环保意识。

旅行途中有很多杂事,都可以让宝宝参与进来。除了能培养他的劳动观念之外,更重要的是增加他的主动性和参与感,让他做旅行的主角,从而增强他的独立性。

◆ 将宝宝的见闻同资料图片结合起来

旅行前,妈妈一定已经通过书本、图片教宝宝认识了很多动物和植物,而在旅行中,有很多动物植物都会真切地展现在宝宝面前。这时,妈妈就可以引导宝宝将图片和真实的景物对应起来,细心体会,也算是上了一堂"名作欣赏"课,相信定会别有一番滋味。

宝宝看到农家养的小动物(如绵羊、小牛、小狗)的时候,妈妈要主动告诉他动物的名字,还可以跟他讲动物的生活习惯。当然,如果宝宝被动物吓哭了,你则要安慰他,最好是现身说法,主动去亲近小动物,让他体会到动物并不是那么可怕的,不会伤害人。如果宝宝仍然害怕,那就不要勉强他了,让他去认识大自然中的其他东西吧!

◆ 及时回顾所见所感

这可以是回程路上的"功课",也可以是回家后的"功课"。

妈妈跟宝宝一起回忆旅游过程中的风景和见闻,还可将旅游中有趣的事用绘画、讲故事等方法记录下来,告诉家中没有参加旅行的亲人,或者幼儿园的老师、小朋友,这能丰富宝宝的语言、思维,提高他的记忆力以及其他各方面的综合能力。

·备忘录·

带宝宝长途旅行,妈妈一定要有完备的物质和思想准备,这里提供几条建议以供参考:

(1) 先确定是自己上路,还是随团出行

随团旅游的优势就是吃住比较省心,但不够自由,而且要让宝宝跟上大家的进度会比较困难。最好是自己上路,若有车,自己开车出游则更好,当然会比较辛苦,因为很多事情都得亲力亲为。妈妈应根据宝宝的实际情况做出选择。

(2)选择合适的目的地

选一个适合于宝宝并能让宝宝感兴趣的目的地,这需要征询宝宝的意见。

不要去环境嘈杂拥挤或过于刺激的地方,同时还应考虑一下准备住宿的宾馆、饭店是否可以让宝宝免费住在父母的房间里等等。

(3)行程应根据实际情况做变通

若宝宝感到疲劳,则要放慢行程,可停下来休息半天;若宝宝不适应长时间坐车,可以下车和他一起在地上跑跑跳跳,玩会儿玩具之类的。不必急着赶路,旅行的乐趣不仅在于到达目的地,也在于享受整个旅行的过程。

(4)带上宝宝喜欢的小食品、感兴趣的小玩具

宝宝不经常外出活动,所以难免会闹别扭,这时候妈妈可以"变"出一个小玩具,来提高宝宝旅行的兴趣。或者"变"出一包好吃的给他,他又会精神百倍。

(5)注意安全

首先是乘车安全。记得不要让宝宝自己坐在宽大的座位上,这样若是遇到汽车加速减速很容易造成意外伤害。所以,一定要放在一个能限制他身体行动的空间内,坐在妈妈怀中或是使用儿童汽车坐垫,系好安全带。另外,由于天生的好奇心驱使,宝宝喜欢向窗外张望,记得向他讲述将头伸出窗外会造成的后果。

到达目的地之后,也要随时注意宝宝的行动。人多的时候,注意别让宝宝走丢了,最好是为宝宝穿上颜色鲜艳的外衣,并在宝宝衣服口袋里放一些零钱和一张卡片,写上父母的姓名和联系电话,并告诉宝宝万一走失应怎样自我保护、寻求帮助以及如何跟父母取得联系。

○ 秋日出游的准备

除了像春日出游为宝宝做好物质准备之外,妈妈还应为宝宝做好旅行前的精神准备。

◆ 提前 3 天告诉宝宝旅行的消息

4 岁左右的孩子对 3 天以上的时间还没有准确的概念,若妈妈告诉他一星期以后去旅行,也许才过了两天,他就会背上小包,哭闹着要出门了;而如果临出发才告诉宝宝,他又会感到意外,甚至发脾气。

◆ 让宝宝自主收集旅行信息

首先是让宝宝自己选择旅行的目的地。妈妈可以为他准备一些配有漂亮图片的旅游地图册,提供已通过你初选的景点,让宝宝从中挑选他中意的。告诉他地图上的蓝色代表宽广的大海,小树代表森林,还可以让他自己用尺子比划,估算一下景点离家的距离……不知不觉宝

宝的抽象思维能力得到了提高,同时还学会了认识地图的本领。

确定好景点之后,妈妈可以教宝宝查询旅游景点的天气情况,在网上收集旅行景点的图片,或者是去询问已经去玩过的小朋友他们有些什么心得,还可以购买介绍旅游景点的 VCD 先预热一下……

总之,妈妈要做的就是为宝宝提供线索,让他学着自己去收集、查找,培养他的独立能力。

○ 冬日里的亲子空间

冬天,有丰富多彩的户外活动,可让宝宝高高兴兴地玩过冬季,并增长知识。

◆ 打雪仗

这是冬季里宝宝最喜欢玩的。大雪过后,让宝宝在雪地里摸爬滚打,能让宝宝的四肢都得到活动,同时宝宝在户外呼吸了新鲜空气,能增强抗寒能力。

打雪仗的时候,妈妈应找一处空旷、安全,已经被白雪覆盖的地面,将宝宝放下,让他自己任意玩,妈妈还可以做一个大雪球扔给他,让他试着也做一个小雪球扔向妈妈。妈妈还可以让宝宝配合你一起堆雪人,宝宝一定会趣味盎然。

◆ 溜冰

这是一项很适合宝宝玩的冬季运动,初次学习溜冰的宝宝一定会非常乐于尝试。

起初,妈妈可先给宝宝穿上溜冰鞋,扶着他,让他先在原地走基本步,或试着像平时走路一样,重要的是让他找到在滚轴上站立直至滑动的感觉。妈妈要先当宝宝的拐棍,等宝宝找到平衡后才可放手,让他独自体会"滑"的乐趣。开始滑行之前,要两脚分开,与肩同宽;膝盖稍稍弯曲,身体略向前倾,然后两脚交替用力向斜后方滑。滑动过程中,两臂一前一后地摆动,以使身体保持平衡。

溜冰要选择人少、平坦的地方。一定要给孩子准备一双质量好的溜冰鞋,鞋子比脚大一指为好。还要记得配上护膝、护肘、护腕,即便是熟练掌握了轮滑技巧的宝宝,也不能忽略这一安全措施。

一般来说,2岁多的宝宝就可以开始学习溜冰了,但真正学会大约要到3岁或3岁以后。妈妈应提醒宝宝不要急于求成,体会学习的乐趣才是最重要的。

◆ 跳绳

宝宝长到3岁,便可学习跳绳了。

跳绳是操作最简便的冬季运动,只需一条绳子,就能使宝宝的手、脚、腕、肩等部位的协调能力得到很好的发展,对锻炼宝宝感觉的敏锐性也大有好处。

妈妈应选取长短粗细都适宜的绳子,否则会增加宝宝控制绳子的难度。跳绳的场地不宜太松动,否则扬起的尘土会损害坏宝宝的呼吸道,对眼睛也会造成危害。可找一块不大的地方,让宝宝先学空手跳绳,只练双脚同时跳起和落下,数着节奏,并配合两臂摇动。当基本动作掌握好之后,教宝宝用两手握绳柄开始真正的跳绳。初学的宝宝往往会有些力不从心,妈妈要鼓励宝宝,把跳绳的动作分开,多找感觉。多次实践才能达到手脚配合的默契。

小 提 醒

(1)9个月以上的宝宝就可以玩打雪仗游戏了。

(2)玩的时间依据宝宝的年龄来定,1岁左右的宝宝玩半小时,稍大的宝宝可玩1小时,3岁以上的宝宝可适当延长。

(3)随时提醒宝宝拍掉身上的雪,防止弄湿衣服,引起感冒。

○ 冬日活动需注意

◆ 选取合适的时间

冬天的上午十点到下午四点是户外活动的最佳时段,因为这段时间气温相对较高,阳光充足,室内外温差不大。出门之前,妈妈应先在室内打开窗户,让宝宝接触一下较冷的空气,呼吸新鲜的冷空气,无不良反应之后,再带宝宝到户外去,这样宝宝才不容易着凉。

◆ 控制好活动的时间和次数

户外活动的次数和时间应当灵活调整、循序渐进,开始时可以每天一次,宝宝适应之后,有了兴趣,可以增加到每天2~3次。开始的一次可以玩几分钟,以后可增加到1~2小时。活动后若宝宝出现不适应,应分析原因,下次玩时应考虑缩短活动时间。

◆ 依据宝宝的实际情况确定活动内容

为宝宝安排活动,应根据他的年龄特点和身体特点来确定,别让宝宝进行超出他能力负荷之外的活动。体质较弱的宝宝运动量不宜过大，不要认为运动量大了就会增进食欲，实际上过度疲劳反而会使宝宝食欲减退，还会影响宝宝的睡眠。

活动时，若发现宝宝大汗淋漓、面色苍白或通红等情况，应减少活动量，以免活动为宝宝带来负面影响。

◆ 着装应注意

冬天带宝宝出外运动，衣服不宜穿得太多，尤其不要穿太多裤子。因为裤子穿得厚了不仅影响活动，而且容易出汗；而出了太多汗脱衣服，则容易感冒。

◆ 活动后的饮食

活动完之后，要休息半小时左右再进餐。若宝宝出汗较多，可让他喝少量的水，但不能给他吃碱性的食物和喝过量的水，否则会中和胃酸、冲淡胃液。由于活动消耗了较多的能量，应为宝宝准备营养丰富的餐点，以补充宝宝所需的营养素及热能。

冬天最好不吃零食，因为冬天气候寒冷，胃部容易受寒不舒服。

○ 冬日活动的准备

◆ 外套

活动前，妈妈最好为宝宝带上一件衣服，让他穿着轻便的衣服活

动,活动完毕休息片刻之后,及时披上外衣,这才不容易着凉。

如果妈妈觉得每天为宝宝换洗衣服麻烦,可以试试一种简便的方法:宝宝活动的时候,在他的内衣里垫一块用来吸汗的纯棉小毛巾,活动结束后取出。这既防止了宝宝受凉,又减少了洗衣次数。

◆ 帽子

为宝宝备一顶帽子也是有必要的,披上外衣的同时戴上帽子,以免头部着凉。

◆ 热水

用保温瓶带上一瓶热水,让宝宝在运动中喝上几小口,运动后再补水。

第一篇　户外的动作发展训练

宝宝玩橘子,妈妈故意拿走几个,他会不高兴地哭闹,而当妈妈把橘子放回去,他又会高兴地摆弄起来。越长大,宝宝透过身体感觉来思考问题和表达情绪的几率越高。0~2岁是宝宝肢体动作智能发展的基础期,也是建立各领域及各系统的基本能力的时期。

2~4岁是宝宝肢体动作智能发展的转折期,也是各领域及各系统基础功能成熟的时期。宝宝四肢的复杂功能和自主能力会得以体现。

4~7岁是宝宝肢体动作智能发展的整合期,也是各功能领域间整合的时期。宝宝可发展一些较复杂、技巧性高的肢体动作。

发展宝宝的肢体动作智能是非常重要的,妈妈应当遵循宝宝肢体动作智能的发展规律,适时地对宝宝进行培养训练。对宝宝而言,理想的训练环境应当具备以下要素:材料齐备、可以动手操作、能够创建出成品、有趣味性等。宝宝的需要得到满足了,自然就会跟着妈妈活动了!

◆ 激发宝宝的运动潜能

◆宝宝越爬越聪明

◆宝宝的独立动作训练

◆宝宝的手眼协调训练

◆让宝宝参加体育运动

【一】激发宝宝的运动潜能

宝宝的运动潜能在胎儿期就已经初现端倪——当小家伙在妈妈的肚子里时，就会做出伸臂、蹬腿、转身扭动等动作，让妈妈睡觉都不得安宁。这是当然的，在他不会说话时，只能通过动作来抒发感情。

翻阅育儿杂志，知道"三翻六坐九爬爬"是宝宝动作发展过程。也就是说宝宝三个月时学翻身，六个月时学坐立，九个月时开始学爬，于是，我开始在适当的时候着手于这种训练。

三个月时，翻身训练开始。可是，小家伙他不乐意趴着，让他趴下他就哇哇叫，两只手伸展开来扑腾。于是，只好将他翻过来，在一旁叫他，他会侧过身子，可仍然翻不过去。直到一个月后，天气变暖，棉衣脱下，小家伙才终于能自主翻身了。翻过身，趴着，就开心地笑，手扑脚蹬的，以表现他的愉悦心情……

六个月到了，小家伙开始能够靠着抱枕坐，把抱枕拿开，他就往旁边和后边倒，看来需要隔三差五地让他练习。那么爬呢，也许更是一项艰巨的任务了，但愿宝宝到九个月时就能爬……

○ 转过头来看妈妈

半个月的宝宝就会发出咿咿呀呀的声音,听到声音时眼睛会盯着声源。一个多月的宝宝,无论他是仰面躺在草地上,或是趴在妈妈为他铺设的布块上,只要一听到声音,他都会把头转向声源,而且做出弯曲四肢的条件反射。

可见,宝宝动作潜能的开发是完全可以从 0 岁开始的。幼儿时期是宝宝生长发育的重要阶段,妈妈应创造条件,根据宝宝身心机能发展规律,有的放矢、循序渐进地让宝宝进行各种活动,以增强宝宝体质,促进其正常的生长发育。

首先,妈妈来对宝宝进行转头训练。

工具:

宝宝的玩具摇铃。

方法:

(1)在草地上为宝宝铺一块布,让宝宝仰躺着,妈妈则在他耳边叫他的名字(应分别在左、右两个方向叫,这样才能促使宝宝转动头部)。

(2)妈妈将宝宝抱起来,让他跟你面对面地相互注视,然后妈妈可把脸转向一边,让宝宝转动头部来寻找妈妈。

(3)妈妈抱着宝宝唱歌,唱歌的时候可以轻轻地摇动头部,诱使宝宝跟着你一起摇动头部。

(4)妈妈再次将宝宝放到布上,这次是让他趴着,让宝宝的手心向下作支撑身体状,然后,妈妈可围着他转圈唱歌,同时可用他的玩具摇铃伴奏,让宝宝学会抬头。

(5)当宝宝知道摇铃可以发出好听的声音时,妈妈可以把摇铃放在宝宝能看到的地方,但不要让宝宝够到,让宝宝抬头就能见到。

说明:

这种训练宝宝抬头、转头的游戏不仅达到了让宝宝活动身体的目

的,还训练了宝宝的听觉。

一般来说,宝宝 0~2 个月时,他的头还是很大,其背、颈部的肌肉在承受头部重量时,会很吃力,所以宝宝只能把下巴抬起来数秒钟。

满 2 个月后,当宝宝俯卧时,头部可抬高 45 度,扶他坐着时,他的头也不会像以前那样垂得很厉害了。抬头的情况可以维持数分钟。

宝宝 3~4 个月时,头能较长时间地抬高 90 度。颈部和肩膀的肌肉开始变得有力,拉起他的手助他一臂之力,他就能坐起来,其头部一般不会垂下。

·备忘录·

早期宝宝的活动内容:

(1)让他跟你在相距 30 厘米的地方面对面,妈妈可以对他讲话,或做出各种表情如眨眨眼、撅撅嘴,或者伸出舌头,以此引导他抬头转头,并模仿你的面部表情。

(2)喂宝宝吃东西或换尿布的时候唱歌给他听,平时也可播放古典音乐给他听,读书给他听,并经常对他讲话,让宝宝在声音中手舞足蹈。

(3)在宝宝的小床栏杆上(距宝宝约 40 厘米的上方)挂上可以发出声音以及可以动的玩具,让宝宝意识到他动的时候玩具也会动并且发出有意思的声音。一段时间过后,宝宝就能做到长时间地盯着玩具,并用手抓扑玩具了(需要注意的是,妈妈不要将玩具挂在宝宝固定的一侧,否则可能引起宝宝斜视,玩具的位置应平衡)。

○ 宝宝"咸鱼翻身"

开始抬头转头手舞足蹈的宝宝其实就是已经产生了与人交往的意识。他明白,你是他生活中很重要的人物,他认得你的声音,听到你的声音就会扑向你。

一生中的最初三个月过去之后,他便能意识到只要动一动自己的身体,他就能够探索周围的世界了。这时候,妈妈就可以让宝宝练习翻身和翻滚了!

翻和滚是练习宝宝腹肌的最好方法,也是宝宝最爱玩的运动——无论是在沙滩上,还是草地上都可以进行。

工具:

一面小镜子,宝宝喜欢的小玩具。

方法:

(1)在阳光明媚的天气里,将宝宝放在花园中一面墙的下方,妈妈用小镜子反射追视光亮,这能激起宝宝的好奇心。在这种好奇心的驱使下,宝宝就会追视光亮转动头部,当他转头 180 度仍按捺不住激动情绪的时候,他就会通过翻滚的方式去接近那个明亮的光影。

(2)让宝宝靠着爸爸坐着,妈妈手拿镜子,让宝宝看镜中的自己,妈妈要叫着宝宝的名字。然后立刻把镜子藏起来,让宝宝抬头、转头寻找。当宝宝看到镜子了,则把宝宝放下来,让他尽自己的能力去抓镜子。找到镜子之后,妈妈要帮助他将镜子拿好,让他尽情地看着镜中的自己。

(3)将宝宝喜欢的玩具握在手中,忽上忽下忽左忽右地让宝宝看见,然后让玩具从高处落下,同时妈妈要对宝宝说"玩具掉下来了"——刺激宝宝翻身去寻找玩具。

说明:

4～6 个月的宝宝,四肢的发展日臻成熟,他会因为周围环境的刺

激做出各种反射动作,跃跃欲试地想尝试翻身做主人的滋味。无论是趴着还是平躺着,只要有吸引他的东西出现,他就会发挥他身体的韧劲,一刻不停地去探索世界。所以,妈妈对宝宝的翻身训练可以随意进行。

这里要提醒妈妈注意以下两点:

(1)不要以反射的光影刺激宝宝的眼睛。当宝宝翻滚到光影处的时候,妈妈可以抖动一下手中的小镜子,逗逗宝宝,他会很开心。

(2)宝宝处在翻身阶段时,妈妈要细心照看,因为受四肢能力的限制,他很有可能翻过去就翻不回来了,这容易造成窒息,需要妈妈细心谨慎。

·备忘录·

宝宝的成长发展由脑、神经系统和身体其他部分的成熟度而定,妈妈须配合宝宝发展的规律,在合适的时候给宝宝提供帮助,这才能促使宝宝充分发挥其潜能。

以下为妈妈提供早期宝宝活动的"节奏":

(1)由粗到细

宝宝的大肌肉发育早,小肌肉发育相对较迟,所以妈妈应先让宝宝的大肌肉活动起来(如抬头、转头、伸屈四肢、翻身),然后再进行小肌肉精细动作的训练(如先让宝宝学抓东西,逐步过渡到用食指和拇指夹东西)。

(2)由上到下

中枢神经是由颈部从上到下发展的,所以,训练应先从头颈部开始，从抬头、转头的上肢活动逐渐过渡到翻身、坐、爬，然后再训练站、走、跑、跳等下肢动作。

（3）由被动到主动

宝宝的活动应由他的身体反射能力开始（如宝宝不会抬头，妈妈要以外物吸引他，帮助他抬头），也就是从被动的状态开始。直到宝宝3个月时，他才逐步开始主动，能够主动地抬头看物；7～12个月，才会逐步学做主动操；2岁时，宝宝才能自己模仿动作学做操。

○ 宝宝抓物

宝宝半岁左右，就可以让他练习抬头抓物的本领了。

工具：

彩色的小玩具。

方法：

（1）让宝宝仰卧，妈妈用彩色的小玩具在宝宝身体上方摇晃，并用欢快的口吻来吸引宝宝的注意，让他抓握玩具。游戏之初，玩具应靠近宝宝，让他伸手就能抓住，以提高他的兴趣和信心。然后，才可把玩具逐渐提高高度，让宝宝用力抬起手臂来抓握。当他够到了玩具，就要让他顺利地抓到玩具，以此向他证明：努力了就有收获。

（2）爸爸将宝宝抱起来，妈妈躲在爸爸的身后叫宝宝名字，让宝宝循声转头找妈妈，当宝宝找到妈妈的时候，妈妈要表现出逃跑的样子，以刺激宝宝手舞足蹈地抓住妈妈扑向妈妈。宝宝抓到了妈妈，妈妈则要抱住宝宝，转个圆圈亲热一番。

说明：

以上游戏在训练宝宝抓扑能力的同时，扩大了宝宝的视野，增加了其头部动作的灵活性，并发展了其肩部、颈部和手臂的肌肉力量。

小提醒

（1）供宝宝抓扑的玩具最好质地柔软，让宝宝容易抓握，并不会划破小手。

（2）在进行第二个步骤时，爸爸妈妈可交换角色，反复地玩，以增进亲子之间的亲密。

○ 宝宝的安坐训练

一般情况下，宝宝都会经历"三翻六坐"的过程。

"三翻六坐"是有科学依据的，它是专家们对儿童的测查结果——宝宝长到3～4个月时，神经系统一般就发育到了能够自己翻身的程度，而到6～8个月时，宝宝则应该尝试着自己直立坐起。

宝宝6个月的时候，其脊部、背部、腰部的骨骼和肌肉已经发育到了一定程度。无论是躺着、竖着抱，他的头都能稳稳地直着，再也不会耷拉了，而且他的双臂已经能够支撑身体的重量，俯卧时双手能撑着，并能支持自己从翻身到坐起等连贯动作。

在这期间，宝宝会呈现出半躺坐的姿势，然后上身会微微向前倾，借以双手在身体两侧支撑的力量坐起来。当然，如果他没能够坐起来，反而彻底躺倒了，也就无法自行恢复坐姿，可能需要等到8个月大时才能够做到无需任何扶助自行坐起。

在宝宝从翻到坐的阶段，妈妈带宝宝去户外呼吸新鲜空气时则可以像促使宝宝翻身一样，炮制一些吸引宝宝注意力的活动。先扶着宝宝的腰部，帮助他坐起来，之后可以利用一些玩具，促使宝宝去抓握，并用手撑地自主坐起来——在这个过程中，妈妈可以渐渐地放开帮助宝宝坐立的手,慢慢的,你的宝宝则能坐稳了。

需要说明的是,"三翻六坐"只是一个大概的时间段。若冬天穿得较厚,宝宝四肢行动不便,很可能他会到四五个月才能翻身,八个月才能自行坐起。只要宝宝的动作发展在一个正常的范围内,妈妈则无需担心。

·备忘录·

宝宝学坐的安全提醒:

(1)宝宝学坐时,注意不要让他坐得太久。因为宝宝的脊椎骨尚未发育完全,如果长时间坐着,很可能造成脊柱弯曲,影响一生的成长。宝宝坐着时背脊的突出处有皮肤颜色异常的状况,这就是坐得太久的征兆,妈妈应注意观察。

(2)不要让宝宝跪坐,这容易造成宝宝"X"形腿,且若两腿压在屁股下,会影响其腿部发展。最好是采用双腿交叉向前盘坐的姿势。

(3)平时最好不要让宝宝单独坐在没有围栏的床上或沙发上,以防有外力或宝宝动作过大而摔伤。

○ 宝宝被动操

"宝宝被动操"就是妈妈来帮助宝宝完成的操练。

还不会说话走路的宝宝做健身操,不仅可以促进其体格的生长发育,还能促进其大脑、神经系统、肌肉的发育,促进宝宝动作的发展。同时,妈妈在帮宝宝做操的时候,通过身体接触,能促进宝宝情感和智力

的发展。

以下为 0～3 个月宝宝的被动操：

◆ 扑水操

让宝宝平躺着，妈妈的两手握住宝宝的双腿脚踝。将宝宝的左、右脚分别上下摇动一次，如同扑打水的样子，然后可同时一上一下地摇动宝宝的左右脚。在宝宝的脚腕处施力，分别弯曲、伸直宝宝的左、右两脚，反复 10 次。

◆ 拍胸操

让宝宝平躺着，握住宝宝双手，向左右两边伸展开。先将宝宝的左手向胸部合拢，在胸口轻拍一下后再伸展开；再以宝宝的右手重复此动作。左、右两手有节奏有规律地做合拢伸展的动作。

◆ 叠腿操

让宝宝平躺着，妈妈握住宝宝双脚。将宝宝的左脚抬起，叠于其右脚上（同时宝宝的腰部应该扭转一定程度）。换右脚叠于左脚上，左右重复各 10 次。

◆ 腰部操

让宝宝趴着。妈妈双手握住宝宝的腰部，让腰部略往上抬。反复动作 10 次。

以下为 4～6 个月宝宝的被动操：

◆ 飞机操

妈妈屈膝而坐（小腿和地面成 45 度角），妈妈的两手撑着宝宝的腋下，让其趴在你的小腿上，这时，宝宝会下意识地抓住妈妈的小腿。妈妈逐渐往后躺下，在此过程中，妈妈可以慢慢地抬起小腿，让宝宝看着你逐步下降,并体会自己逐步上升,他会更牢地抱着妈妈的腿。妈妈双手一直撑在宝宝的腋下,逐步改变小腿的高度和方位,让宝宝像乘着飞机一样趴在妈妈的小腿上,感受上下摆动的滋味。最后,妈妈将宝宝往自己的胸口拉,让宝宝趴在你的胸口上,同时说:飞机降落了!

◆ 骑马操

妈妈屈膝坐着,两手托住宝宝腋下,让宝宝抵着妈妈的胸口,双腿分开,骑在妈妈的双腿上。轻轻地带动宝宝往左边倒一下,再往右边倒一下,如此反复 10 次。

◆ 弹跳操

妈妈扶在宝宝的腋下,将宝宝直立抱起。让宝宝双脚踏踩在你的大腿上,妈妈用双手带动着他做上下跳动的动作。

小提醒

宝宝被动操,妈妈需注意:

(1)被动操最好放在两餐之间或充分休息后的时段,避开疲劳、饥饿、饱胀状态。

(2)操练时,动作应轻缓,并应该有节奏感,慢慢让宝宝适应,并喜欢这种有节奏的运动。

(3)动作的幅度应适中,不要强迫宝宝。宝宝情绪激烈时,要暂停操练。

【二】宝宝越爬越聪明

　　都说宝宝最初的聪明是靠爬得来的,而我家小家伙的爬动作好像来得太早了,这让我措手不及。也正是因为来得太早,使得小家伙的爸爸在后来很长一段时间内对我犯的一件错事耿耿于怀。

　　事情是这样的:宝宝才 8 个半月时,他已经能很自如地坐起来了。那天,我跳完健身操回来,很累,所以打算洗澡。于是,我将小家伙放在大床上,哄睡了。洗完澡之后,我意识到小家伙已经醒了,我背对着他往脸上抹护肤品,没去抱他,边抹心里还想:无论他翻身还是坐起,都不会有任何危险。还没到 9 个月呢?可是,设想都还没完,就听到"咚"一声,小家伙摔下床了。后来,一大家子人,全部出动了,在医院见了面,我那个心疼与难堪啊,连自己的孩子都照顾不好,连他会爬了都不知道。

　　他们都怕小家伙因这一摔而变笨,可事实并不是那样。医院回来没几天,他就能在地板上翻过来滚过去了,抱起他,他还会不停地蹬腿,再放下他,他就向你爬过来,精力相当好。特别当他想睡觉时,他会蹭你,有时候连头也用上了,用头撞妈妈的肚子,让人担心会不会撞坏呀?

○ 爬出来的聪明

宝宝大约7个月的时候，由于其颈椎、脊椎、骨骼和肌肉力量的发展，他已经能做用单手支撑身体，并用双脚用力做蹬伸的动作了。自然而然，下一步他将尝试的动作就是爬行。

当宝宝开始能爬的时候，也许你又喜又怕。喜的是爬行让他视野开阔了，哪儿有吸引他的东西，他就爬哪儿去。同时，你又担心，万一他爬到了不该去的地方呢？这就需要妈妈做好防范措施了。关键是，爬行对于宝宝来说，是有许多好处的——爬行的过程就是宝宝学习的过程，也是其智力发展的过程。

◆ 爬行能促进宝宝的粗细动作发展

爬行对宝宝来说，是一个复杂动作。首先，宝宝要把头、颈项抬起来，让胸腹离地，以四肢支撑身体的重量。这不仅使四肢和胸腹的肌肉得到锻炼，还有利于提高宝宝手腕的灵活度，对宝宝以后拿汤匙吃饭、握笔都有帮助。

爬行是全身的动作，需要手脚协调才能爬得好、爬得快，这训练了宝宝身体的平衡协调能力，为以后站立、行走和跳跃打下了基础。

◆ 爬行有助于训练宝宝的手眼协调能力，培养距离感

爬行是在了解周围信息之后才进行的行为，必须将视觉信息和四肢运动结合起来——整个过程有助于培养宝宝的空间概念和距离感。爬行时，宝宝的左右脑均衡发展，有利于今后理解和记忆并进。爬行的宝宝明确地了解了自己身处何处，遇到障碍物时要避开，这有助其抽象概念的形成，有益于将来数理的学习。

◆ 爬行是宝宝积累生活经验的过程

爬行时,宝宝的视觉、听觉和触觉等感官都得到了刺激,这些刺激对大脑的发育和智力的开发有非常重要的意义。在爬行中,宝宝的视野和接触范围扩大了,有利于宝宝将好奇心转化为学习的动力,勇于探索,其独立解决问题的能力和自信心都能得到提高。

◆ 爬行能促进宝宝的身体发育

爬行对宝宝来说,可算是一项剧烈运动,比坐着多消耗一倍的能量,比躺着多消耗两倍的能量。它能提高宝宝的新陈代谢水平,宝宝吃得饱、睡得香,身体自然就会快速健康地发育成长了。

小 提 醒

有统计表明,3～13岁儿童中,有10%～30%儿童不同程度地存在平衡能力差、手脚动作不协调、注意力不集中、胆小、爱哭等症状,医学上称为"感觉统和失调"。而感觉统和失调的儿童有90%以上不会爬行或者爬行时间很短。爬行是目前国际公认的预防感觉统和失调的最佳手段。

○ 带宝宝被动爬行

宝宝的智力发展是从爬行开始的,妈妈千万不要忽略宝宝的爬行启蒙课。如果不注意创造条件,让宝宝早点学爬和多爬,甚至是不爬就直接走,这将是宝宝成长道路上的一大遗憾。

一般情况下,宝宝7~9个月就可以自如地翻身了,这就标志着宝宝爬行的开始。

最初,宝宝也许只能趴着玩,而不能向前爬行,还有可能出现想向前爬,费了力气,结果却往往是原地扭转或向后退,此时,宝宝就需要妈妈的帮助了。妈妈应为宝宝创造机会,有意识地教宝宝向前爬——这就是宝宝的被动爬行。妈妈可以遵照以下一套方案——

工具:

颜色鲜艳或会发出声音的玩具,一条大毛巾。

方法:

(1)选取一块平整且相对干净的草地,也可以在地面上铺上巧拼塑料板或一块布,让宝宝俯卧。

(2)在宝宝前面放置一些能吸引他兴趣的玩具,玩具的位置应是宝宝几乎能用手够到的地方——当然,需要他爬几步。以这种方式来引发宝宝向前移动身体的愿望。

(3)妈妈在宝宝的正前方摆弄会发出声音的玩具,如小鸭子、打鼓熊等,并鼓动宝宝:"小熊敲鼓了,小鸭子嘎嘎叫了,宝宝快来拿!嗨呦嗨呦,宝宝往前爬!"

(4)当宝宝的兴趣被激发出来时,他就会努力用小肚子爬。但是,很有可能身体不听使唤,竟然往后退了,这个时候,妈妈最好握住宝宝的脚掌在后面推一把,助宝宝一臂之力。

(5)如果妈妈用手抵住宝宝的脚跟,他仍然爬不动(因为他的小肚子紧贴在地面),这就需要妈妈用一条毛巾绑在他的腹部,然后用毛巾提起宝宝,让他腹部离地练习手膝配合爬行。

(6)宝宝在你的帮助下够到了自己想要的玩具时,妈妈要抱起宝宝,用亲密的方式以示鼓励。这样才能让他再接再厉,逐渐学会抬起腹部,做到手、膝爬行。

·备忘录·

宝宝的爬行装备：

(1)宝宝学爬的时候,妈妈应为宝宝穿上宽松、舒适、柔软、不妨碍运动的衣服,并且最好为连体服装。上衣和裤子形成一个整体的装扮会让宝宝在爬行时不暴露腰部和小肚子。同时,衣裤连在一起,没有太多累赘的东西,不会影响宝宝的爬行兴致。

(2)宝宝衣服上最好不要有大的饰物和扣子,防止宝宝趴下或翻滚时弄痛身体。

(3)若宝宝的爬行时期来得较晚,相对来讲其体重就会较重,爬行的时候则容易磨破皮肤,因此,妈妈最好为宝宝戴上护肘和护膝。如果你的宝宝爬行时期来得早,在较硬的地上爬行时,也要为他戴上护肘和护膝。护膝不要太紧,以免影响膝关节的活动度。

○ 宝宝的半被动爬行

在最初的学爬阶段,宝宝很可能掌握不好方法,腹爬阶段跨越不过,或者经常出现双腿用力一蹬、直接往上蹿的情况,这其实没有太大问题,只要妈妈不厌其烦地扶助宝宝,宝宝渐渐熟悉了爬行的动作,掌握了要领,不多久则会正确地进行跪着爬——这个阶段就是宝宝的半被动爬行阶段。在这个阶段中,当宝宝逐渐学会了手、脚协调用力匍匐前进之后,妈妈就不要再从旁用力,让他慢慢地学会自主爬行。

在整个过程中,妈妈可以遵循以下步骤——

工具:

皮球和可以拉着走的玩具。

方法:

(1)向宝宝展示皮球,然后将皮球滚给宝宝的爸爸,让爸爸接住球,然后将球滚回来。玩几个回合,刺激了宝宝的兴趣之后,鼓励宝宝跟爸爸一起玩滚球接球游戏。当球滚过来,宝宝没接住滚向了一边,妈妈则可鼓励宝宝说:球跑了,宝宝快去追回来!

(2)当宝宝想通过爬行去追球时,妈妈可以像往常一样用双手扶住宝宝的腰,让宝宝的小肚皮离开地面。等宝宝懂得弯起膝盖,妈妈就可以略微放下宝宝的身体,看宝宝是否会用力使自己的腹部离地,妈妈感觉到宝宝在施力,仍可象征性地把双手放在宝宝的腰际,宝宝感觉到妈妈的手还在,就会奋力向前进了。

(3)当宝宝逐渐能够不依靠妈妈的扶助而爬行时,妈妈利用可以拉着走的玩具,在宝宝面前拉动玩具,掌握好速度,鼓励他跟着你爬行,并试图抓住玩具。速度可逐步加快。

(4)之后,妈妈还可以跟宝宝玩小猫追老鼠游戏。让宝宝扮作小猫爬着来追你。追逐的时候,速度应先慢后快。宝宝追到妈妈时,妈妈要抱起他亲一口。

以下一些事项提醒妈妈注意:

◆宝宝在爬行中, 可能出现以一条腿施力来带动另一条腿的情形,妈妈不要过于担忧。这是由于宝宝的两脚力量和灵活性并不平衡,一般来说属正常。如果这种状况维持太久都没有改观,则需要去医院检查。

◆宝宝1岁半之前,还不懂被追逐的概念,这时妈妈最多可以跟他玩他追你的游戏。

◆若宝宝一直无法摆脱妈妈的手自主爬行,妈妈可以让宝宝从斜坡上爬下来,以加速他的学爬进程。

·备忘录·

注意宝宝的爬行安全:

(1)选好爬行地点

宝宝应当在一个宽敞的地方学习爬行。若在家里,床、木地板、席子、毯子、泡沫地板垫,只要平整干净,都可供宝宝练爬;在户外的爬行地点则可选在草地和沙滩上,妈妈可以为宝宝铺上一块厚布。

此外,妈妈还应注意,检查宝宝的爬行范围内有没有尖利的东西,或者容易被碰倒、会砸伤宝宝的东西,然后将他们清理掉。

(2)保护宝宝的头部

爬行最容易伤到的就是头部,当宝宝撞到头部时,妈妈要细心观察宝宝3天。如果宝宝的睡眠时间太长,妈妈最好要叫醒他2~3次,看看是否有异常。若宝宝出现头痛、呕吐、抽搐以及昏睡不醒等症状要立即送医院。

(3)控制爬行的距离和时间

每次爬行距离控制在20米左右即可。爬行时间掌握在3~5分钟则可让宝宝休息,每天练2~3次,每次10~30分钟。

爬行对宝宝来说是一件很累人的运动,所以,宝宝爬完后妈妈要让他喝些水,以补充体力,衣服湿了要及时更换。

○ 宝宝的主动爬行

经历了被动爬行和半被动爬行之后,宝宝学会了将胸部、腹部悬空往前爬,并试着用膝盖和手掌一起协调爬行。这时候,妈妈就要引导宝宝进行主动爬行了。

让宝宝主动爬行,要求妈妈不给宝宝扶助,并要尽量多地为宝宝设置爬行方法。这里有一些爬行方法,可供妈妈参考。

(1)向不同的方向侧爬。

(2)在斜坡上爬上爬下。

(3)为宝宝加设一些小障碍,让宝宝翻越或穿越。

(4)在狭窄的平面爬。

(5)向后爬。

(6)爬台阶。

进行这些"高难度"的爬行训练时,妈妈同样可以使用跟宝宝做游戏的方式。

方法:

(1)找一处树木密集或者有假山的地方,妈妈跟宝宝玩捉迷藏,以愉快的语气对宝宝说:宝宝来找妈妈!

(2)妈妈在宝宝的注视下,慢慢地走到一棵树(或假山)的后面,装做藏起来,让宝宝自己爬过来找你。

(3)宝宝找到你后,要将他抱起来,以示鼓励。然后妈妈可以躺下来,让宝宝待在你的一侧,然后对宝宝说:妈妈是大山,宝宝来爬大山——示意宝宝翻越你的身体。

说明:

对于宝宝来说, 捉迷藏是一种非常神秘和令人激动的游戏。妈妈忽然不见了,但是只要爬到妈妈跟前,妈妈又出现了,像变魔术一样神奇。宝宝翻越你的身体时,妈妈还可以一边保护宝宝,一边为宝

宝加油。

爬行和走路是自然过渡的,爬行发展到一定阶段,宝宝便会自己试着坐起、蹲起,然后从蹲起到站起,最后掌握站立的平衡,学会走路。所以,当宝宝渐渐喜欢上了爬行之后,妈妈可以带宝宝参加一些社会活动。比如让宝宝去参加爬行比赛,让他跟别的宝宝一起爬行,比赛的刺激有利于宝宝早早地产生站起来走动的欲望。

·备忘录·

爬动期宝宝可以进行的活动:

(1)玩嵌套玩具

嵌套玩具能开发宝宝的智力,这是毋庸置疑的。同时,由于嵌套玩具一般是由7~8块木块组成的,而宝宝天生就喜欢把木块扔来扔去,当他将木块扔完之后,又会把木块捡回来,不知不觉,他的爬行能力就得到了提高。

(2)给宝宝留出小空间

在家里,妈妈可以把衣柜的底层留给宝宝用,让他自己开衣柜的门。妈妈可先把宝宝的玩具放进去,当宝宝习惯了这个小空间时,他会快乐地爬进爬出,取玩具,放玩具。

(3)玩躲藏游戏

起初,妈妈可以把脸蒙起来,然后突然把手拿开,嘴里说一声"哇"。而后,妈妈可以把一件小东西藏在背后,让宝宝爬着来找。

【三】宝宝的独立动作训练

自打小家伙学会爬之后，便开始挑战自我了：他不只是爬床，而是看见什么就想往上爬，稍不注意，他就站在高处了！

后来，小家伙就开始企图站立起来了。遇到可抓的物件，就会攀附着慢慢地站立起来，两腿直打颤，这时候，我就会说：宝宝站起来了，真神气啊！

他对站立的行为非常着迷，接下去的几天，都在练习，偶尔还会试着把手拿开，仅靠双脚稍微站上几秒。在这之后，我就为他买了学步车，他一进去，就能在里面退着走路了。后来脱离了学步车，他就喜欢乱走一气，或者在床边扶着床沿走，绕了一圈又一圈，乐此不疲。

可是两个月之后，小家伙还不能做到独立行走，我使了浑身解数也不见起色。正当我自我安慰说顺其自然时，他又会走了，并且动作发展极为迅速。不出半个月，他就学会了踩脚——两只小脚不停地往下踩，频率极高，后来还学会了转圈、倒退，两条腿叉开行走，真担心他会摔跤！

后来，去公园，他竟会自作主张地拾阶行走了，并说："凳子，挂着……"我说："挂着的凳子，是秋千。"他开始鹦鹉学舌地跟着说。

○ 让宝宝开始站和走

妈妈已经帮助宝宝经历了翻、坐、爬三个阶段，这里，妈妈要带宝宝进入站和走的阶段——这整个大阶段，是由五个小阶段来实现的。

◆ 阶段一（10～11个月）

宝宝开始站立了——这是宝宝学习行走的标志。

这个时候，妈妈会发现宝宝能够做到稳定站立，当然，他还得扶着身旁的东西。站是走的前驱期，宝宝学会了站再学走，活动力会比直接学走增加几倍。

◆ 阶段二（12个月左右）

蹲是此阶段的重要标志。宝宝在站—蹲—站的连贯动作中，腿部肌肉的力量在增强，身体的协调性在提高，这为稳当地行走打下了基础。

◆ 阶段三（12个月以上）

这时，宝宝扶着东西能够行走，妈妈的任务就是努力让宝宝学习放开手，开始只需要宝宝试着走两三步，然后循序渐进地让宝宝多走几步。妈妈和爸爸可以各自站在两头，让宝宝慢慢从爸爸这头走到妈妈那头。

期间，加强宝宝行走的平衡感也是非常重要的训练。

◆ 阶段四（13个月左右）

这一阶段，妈妈除了要继续训练宝宝腿部肌肉的力量之外，还要训练宝宝身体与眼睛的协调度，以及宝宝对不同地面的适应能力。

让宝宝爬楼梯是一个不错的选择，让宝宝一上一下地练习。

◆ 阶段五（13～15个月）

若无特殊情况,在这一时期,宝宝已经能够很好地行走了。随着行走这一动作的发展,他对周围事物的兴趣在逐渐增强,妈妈在保证宝宝安全行走的前提下,应充分满足他的好奇心,使其朝积极的方向发展。

其间,妈妈可在户外选取一个斜坡(注意倾斜度不要太大),妈妈牵着宝宝,让他从高处走向低处,再由低处走向高处。

在这五个阶段里,妈妈帮助宝宝学走路,可采用的最简易的方法便是"扶棍练走法",应遵照以下步骤进行:

(1)妈妈横握短棍的两端,让宝宝两手握住中间。

(2)妈妈慢慢地向后退,鼓励宝宝随着你的移动迈开双腿向前走。

说明:

宝宝握住棍子练走能锻炼他的平衡能力。同时,当宝宝看见妈妈在跟前,其安全感会倍增,而且,跟妈妈一起走路,就像玩游戏一样,宝宝的情绪会相当愉快。所以采用这种方法让宝宝学走路比拉着宝宝的两手让他学走效果更好。

·备忘录·

宝宝学步时, 妈妈要注意的方面:

(1)尽量减少抱他的次数,让他自己尝试着走, 不要过多地依赖你。

(2)保证周围设施的安全,这样就不必总是对宝宝的行为忧心忡忡,可以放心地让他练走。

(3)当你在走路或做运动的时

候，要冲宝宝微笑，对宝宝表达走路和运动的愉悦，让宝宝将走路和运动看成是极具趣味、健康积极的活动。

（4）不要强迫宝宝学走路，宝宝行走的速度较慢，步伐不稳时不要表现出着急。很多时候，宝宝都会出现这种似乎发育停滞的现象，妈妈不要忧心，也许宝宝太专注于其他方面的发展（如语言认知方面的发展）了，或许他是在凝聚勇气，一旦他积聚好了勇气，就一定会勇敢地多迈几步！

○ 宝宝行走的初步训练

一般情况下，宝宝在 8 个月左右，便可以扶着身旁的物件慢慢地站立了；9 个月的时候，站立起来的动作就已经比较熟练了；到了 10 个月时，就可独自站立了。

站是走的前提，宝宝学会了站再学走，其活动力会比直接学走增加几倍。

这里，妈妈可以来了解让宝宝行走的初步训练方法：

（1）妈妈把宝宝放在围栏内，将一个宝宝感兴趣的东西置于他视线的上方，以此激发宝宝扶着栏杆站立起来。

（2）当宝宝学会了扶栏杆站立之后，妈妈则要训练他站立的稳定性。这时候可以跟宝宝玩"金鸡独立"游戏，让宝宝的爸爸也参加，数一、二、三，看谁站得久。这能锻炼宝宝的平衡能力。

（3）宝宝站立的稳定性建立之后，妈妈可以通过"开火车游戏"来促使宝宝达成初步的行走——妈妈站在宝宝前面，宝宝拉着妈妈的双手或衣服站在后面。妈妈说"开火车啦——"，宝宝则会用细碎的步子跟着妈妈走。"途中"妈妈要不时地报些站名，让宝宝的兴致更高。

（4）宝宝的行走行动，妈妈要进一步刺激。晚饭过后，妈妈可以带宝宝外出散步，让宝宝看看路灯下影子的变化，在宝宝对影子现象感兴趣的时候，妈妈要以愉快的口吻叫宝宝跟你一起玩踩影子游戏。游戏需要边躲边踩,不知不觉,宝宝的行走欲望被刺激起来,同时,还锻炼了宝宝动作的协调性,并促进了其应变能力的发展。

(5)散步回家之后,妈妈可以让宝宝跟你一起上下楼梯。妈妈拉着宝宝的手,一边数着一、二,一边带领宝宝一左一右地上楼梯。如果宝宝感兴趣,妈妈还可转身跟宝宝玩下楼梯。这都是对宝宝腿部肌肉能力进行的提高锻炼,也能增进宝宝的腿眼协调能力。

(6)当宝宝学会行走之后,妈妈还可以跟宝宝一起玩走走停停的下蹲运动。在草地上,妈妈先将印有白菜、胡萝卜图形的硬塑料片散放在地上,给宝宝一个小筐,让宝宝练习走走蹲蹲收集白菜和胡萝卜的游戏。可以多让一些小朋友来参加,看谁收集得多。

小提醒

(1)宝宝 2～3 岁,每天可练习走 150～200 米。

(2)宝宝 3 岁时,每天可练习行走 250～300 米。妈妈可选取空气清新的早晨早点出门。和宝宝一起走到幼儿园。

(3)只要气候适宜,妈妈应尽量让宝宝在室外玩,保证宝宝每天在户外度过 5 小时。可充分利用沙场、水池、滑梯、童车等鼓励宝宝跟小伙伴一起做游戏。这也是促使宝宝尽早学会走路的好方法。

○ 宝宝行走的提高训练

宝宝婴儿期动作发展是否正常,关系着他当时的生理健康以及以后的认知发展,如果宝宝的动作发展受阻,不但会影响其身体的发展,

还会在日后形成心理障碍。所以,妈妈应该时时注意宝宝每个阶段的动作发展情形,在最佳的时期给予其辅助,这将对宝宝的动作发展起到事半功倍的成效。

当宝宝已经基本能走稳了,妈妈就可以为宝宝进行一些行走的提高训练:

◆ 走羊肠

妈妈可在地面上画出一条宽30厘米的直道,让宝宝伸展双手前行。还可让宝宝在宽20厘米、长2米、高30~35厘米的斜坡上行走。宝宝长到3岁时,可将他行走的"羊肠"宽度缩小到15厘米。并可将直道画成弯道。

◆ 跨越

妈妈可在高出地面20~30厘米的位置立个横杆或拉一条绳子,鼓励宝宝迈过去。

◆ 爬坡

妈妈可跟宝宝一起,在院子里堆个土堆,鼓励宝宝跑上跑下。

◆ 用脚尖和脚跟走路

过了2岁半的宝宝,妈妈就可让他练习用脚尖或脚后跟走路了。为了使行走的姿势优美,妈妈可嘱咐宝宝将双手反剪在背后,挺着胸走。

◆ 跳跃

每次跳跃都是腿肌展现屈伸,并展现宝宝爆发力的时刻,从屈身半蹲到一跃而起——在此过程中,妈妈可以观察宝宝的平衡性如何。

◆ 翻筋斗

宝宝1岁多,就会有弯下腰,从两腿间探看身后世界的行为。这时,妈妈可以顺势抓住宝宝的大腿和腰部,协助他完成被动式的翻滚。

逐渐的,就可以让宝宝学习主动的翻滚动作。翻滚可训练宝宝的平衡感,并使手脚力量更加强劲。

◆ 奔跑

跑和跳都是展现宝宝爆发力的活动。妈妈可以让宝宝跟其他小宝宝一起玩"抢宝藏"游戏,妈妈可自由设置游戏,增加游戏的难度,在草地上自设关卡,让宝宝越过"重重障碍"去抢夺"宝藏"。当然,要提醒宝宝们注意安全。

有的宝宝在走路时会出现垫脚尖走路的行为,妈妈别担心。先观察宝宝用脚尖走路的频率——若宝宝只是间或地用脚尖走路,则毋需担忧。刚学会走路的宝宝最容易发生的意外就是扭伤,加之这时的宝宝表达力有限,妈妈要细心观察宝宝的一举一动,若有异样,可压一压宝宝腿部的各部位,看宝宝的反应。

·备忘录·

学走路的宝宝,其活动力比学爬的宝宝更强,好奇心也更加旺盛,也就更向往外面的世界。这个时候,妈妈需要为他做好完全的安全防护。

(1)尽量清除宝宝活动范围内的物品,如玩具、绳索以及其他杂务,以防止摔倒受伤。

(2)注意让宝宝远离有尖锐边、角的东西,宝宝若要玩易碎物品,妈妈要提高警惕。

(3)为宝宝穿上合适的鞋子,如无带鞋、塑料粘胶鞋或胶底鞋,以防止宝宝跌倒。

(4)遇到光滑的地面,尽量别让宝宝跑得太快,或者为他的鞋底粘上防滑垫。

(5)由于宝宝活动范围的扩大,对于硬币、弹珠之类的小东西,妈妈更要引起注意。防止宝宝放到嘴里,造成意外。

(6)当宝宝在高处玩的时候,妈妈要注意其围栏的高度,若围栏太低要看住宝宝,以防他从高处摔下。在围栏高的情况下,妈妈要留意旁边有没有小凳子或其他可以垫高的东西,以免宝宝爬上去,导致危险。

(7)宝宝还小的时候预料不到事物的后果,有时候开门会被门夹住。在家中,妈妈可使用门防夹软垫来避免危险;外出时,妈妈要提醒宝宝开门时要多注意。

【四】宝宝的手眼协调训练

　　小家伙两个月大时,有一天,他独自躺在婴儿床上,很安静。其实他是在看眼前吊着的一些五颜六色的玩具。慢慢地,他伸出小手,似乎想把这些玩具抓过来。而就在这个时候,他睁大了眼睛,出神地盯着他的新发现(他自己的小手)看了起来。于是,在这之后的两周内,他经常会花很多时间去观察自己的小手,把两只手翻来调去地看个没完……

　　人类的所有创造活动都是通过手眼的协调作用来进行的。所以,当小家伙发现自己的小手,并开始研究这双小手的用处时,他的"聪明才智"就开始显现出来了。

　　小家伙有个电动恐龙玩具,恐龙翘着的大尾巴上套了几个圈。起初,他会一个一个逐次地将那些圈拿掉,并一个一个地逐次放回。可到后来,他懂得了规律,就懒得一个一个地逐次拿了,而是直接将恐龙翻倒,倒过来,所有的圈都掉出来了。

　　宝宝的智慧集中在他的手指上,手并不是单纯的动作器官,同时还是智能器官——正所谓的心灵手巧、手巧心灵,就是这个意思!

○ 宝宝手动作的发展阶段

宝宝的手动作发展过程分以下几个阶段训练：

◆ 出生后几天内

宝宝在出生后的几天内，一般会紧握小拳头，如果妈妈用手指去触动他的小手，他就会产生握持反射——将你的手指紧紧地握住，这是宝宝天生的本领。

由于新生儿最早出现的感觉是皮肤感觉，所以，要训练宝宝的手动作，妈妈就要做到经常抚摸他的每个手指，这样做可刺激宝宝手部皮肤感觉的发育。

◆ 2～3个月

这时的宝宝，其手一般已经有了抚摸动作。

他会经常抚摸让他感到温暖的被褥，被妈妈抱着时会摸妈妈的脸，碰到什么东西会抓住不放。但这个时候，其手的动作还不受意识支配，眼和手不能配合，手的动作没有方向和目标。妈妈应有意识地拉起宝宝的手，带领他触摸周围的物件及玩具——触摸的过程也是增加认识的过程。

◆ 3～4个月

这一阶段，宝宝会对球棒等条形的东西很感兴趣，妈妈可以让宝宝自由地抓握。

◆ 4～5个月

这就到了妈妈培养宝宝手眼的协调能力和五指分化的时期了。
妈妈应一如既往地按摩宝宝的手指，让宝宝随意自主地抓取身边物件,自由地玩纸、撕纸,并训练其摸索、换手、换掌、招手、敲打等动作。

◆ 6 个月以后

宝宝半岁之后,摆弄物体已经成了宝宝认识事物的主要途径,妈妈应逐渐训练他的手指技能,比如用拇指配合食指或中指拿捏物体,或让宝宝将他的小玩具从盒子里拿出来再放回去等。

◆ 9 个月

这时,宝宝能用眼睛去寻找从手中掉下的东西,会手拿一根小棒去敲打另一个物品,特别喜欢敲打能发出声音的玩具。

◆ 10 个月

宝宝会把手上的玩具扔掉,会用眼睛盯着并用手指着扔掉的玩具,表示玩具就在那个地方。

◆ 1 岁以后

宝宝会拿着笔在纸上涂鸦,并会翻看带图画的书。

◆ 1 岁半至 2 岁

会把积木垒高,并能用笔在纸上画长的线条,能把水从一个杯子倒入另一个杯子等——这已经是比较高级的手眼协调动作了。

随着宝宝年龄的增大,其手指的控制能力会逐渐增强。这时,妈妈要让宝宝尽可能投身于外界环境,他想玩土、玩沙,都可以鼓励他尽情地玩——整个过程就是宝宝用手接触外界事物的过程。在日常生活中,可让宝宝做一些力所能及的事,为自己和家人服务,这样才能培养出一个"心灵手巧"的孩子。

·备忘录·

在训练宝宝手眼协调的时候，妈妈应当经常有意识地对宝宝进行触觉训练，可遵循以下步骤：

(1)经常用软毛刷或专门的触觉刷来刷宝宝的四肢、手心及背部，以此唤醒他的触觉。可跟宝宝玩毛巾游戏——将宝宝用毛巾包起来，然后拖动毛巾的一头，让宝宝在毛巾中滚动或扭动，这能增加身体各部位对触觉刺激的感应。

(2)多让宝宝触摸各种材质的玩具，如绒毛玩具、塑料玩具、钢铁玩具等。宝宝在玩耍中，其触觉识别能力会得到增强。

(3)带宝宝到儿童游乐场去玩球池游戏，这也是刺激宝宝触觉的好方法。

(4)让宝宝同小伙伴玩身体接触游戏，如拥抱游戏，前后左右晃动，整个过程持续5~10秒。

(5)用梳子为宝宝梳头也能增强宝宝的触觉敏感度。

当然，妈妈在对宝宝进行触觉训练时要注意宝宝的反应及感受，刺激不可过度。若宝宝出现反感，应暂停活动。

○ 发展宝宝的视觉能力

要训练宝宝的手眼协调能力，首先需要妈妈开发宝宝的视觉能力。

宝宝一个月之后，妈妈可以通过以下方式来刺激宝宝的视觉，看他是否会追视在他眼前移动的物体。

工具：

就近取材,一朵掉在地上的花或树叶都可以。

方法：

(1)让宝宝躺着或坐着,妈妈将花举在距宝宝 40~50 厘米的地方,以此吸引宝宝的注意。

(2)妈妈念"一",将花从中间位置移向左边。

(3)妈妈念"二",将花的位置还原。

(4)妈妈念"三",将花从中间位置移向右边。

(5)妈妈念"四",再次将花还原。

(6)妈妈念"五",将花移向宝宝头部的上方。

(7)妈妈念"六",再次还原花。

(8)妈妈念"七",将花移向宝宝头部的下方。

(9)妈妈念"八",将花还原。

说明：

当妈妈从事一项工作时,宝宝会专心地看着你,你在为宝宝表演以上的"移动花"时,宝宝同样会好奇。

小 提 醒

当宝宝能够区分熟悉面孔和陌生面孔时，这说明他的视觉已经有相当程度的发展。这时会有怕生的表现,他需要花时间来确定是否要相信一个人,有时候会莫名地大哭,妈妈要给他安慰。

当他的手眼协调能力开始发展时，妈妈可以让他学着使用汤匙——妈妈应鼓励宝宝练习,并经常赞扬他。

○ 让宝宝发现自己的小手

宝宝2~3个月的时候,正是他发现自己小手的时候,他会开始尝试用这双神奇的小手进行各种主动的探索活动。这时候,妈妈当然不能坐视不管,宝宝是需要你的帮助的!

当你把宝宝带到户外,这种帮助依然可以一如既往地进行。

◆ 为宝宝做手指按摩操

每天你都可以为宝宝做手指按摩操,按摩的部位可为指端、指背、指腹部及手指两侧。由于指尖上布满了感觉神经,是感觉最敏锐的部位,所以,妈妈按摩的重点应为宝宝的指端,这更能刺激宝宝大脑皮层的发育(每个指头每次应按摩两个8拍,每天1~2次)。

◆ 为宝宝戴上花手套

妈妈先为宝宝制作一双花手套——挑一双宝宝不穿的色彩鲜艳的袜子,将末端剪掉一截,再从侧面剪一个可让宝宝拇指钻出来的孔。做好之后,为宝宝套手掌上,将宝宝的小手举在他的眼前晃动,说"这是宝宝的小手",宝宝"发现"了自己的小手之后,就会花许多时间把手翻过来调过去地看。

◆ 带宝宝照镜子

当宝宝看到镜子里的自己时,会表现得很开心,然后,自然而然地,他会用小手去摸眼前的小孩。同时,他会发现镜子里的小孩也在拍打他,在这个拍拍打打的过程中,他心里已经有了小手活动的记忆。

◆ 传花

妈妈可以将一些鲜花放在宝宝周围,先做出闻花的样子,说"好香啊",以此鼓励宝宝拿起花来玩耍。当宝宝两手各拿一花玩耍时,妈妈可再为他递上另一朵花,他会条件反射地放下手中的去拿正递过来的花。

◆ 扔捡动作

妈妈先为宝宝做示范:将空的饮料瓶互相碰撞发出声音。待宝宝产生兴趣之后,将它们交到宝宝手上,让他自己碰着玩。宝宝玩得差不多的时候,妈妈先跟爸爸一起玩滚饮料瓶的游戏,一人滚向另一人,然后对方再将饮料瓶滚回来——以此激励宝宝参与进来,让他爬着或是走着去捡饮料瓶,再滚回来。宝宝做到之后,要夸奖他。游戏结束之后,妈妈要记得将不用的饮料瓶放进垃圾箱,为宝宝做榜样。

说明:

玩扔捡游戏时,妈妈还可以多为宝宝变换物品,如扔小皮球、瓶盖等。多练习扔捡的动作,宝宝的拇指与食指的小肌肉功能会得到开发,手的灵活性能得到增强。

小 提 醒

妈妈应尽可能多地跟宝宝做一些触摸抓握的游戏,让他多接触不同质地、不同形状的东西,干净的树叶、小草、小石头、松软的泥土……只要是宝宝能够触碰的东西,妈妈都可以让他去接触,以此丰富他的触觉经验,启发他小手的抓握本领。

○ 训练宝宝灵活地运用小手

宝宝发现了自己的小手之后，一般就会在自己的视觉引导下主动去运用小手了。

即使你的宝宝已经学会了走路，但运用小手主动够物达成手眼协调仍是一项复杂的技能。当宝宝发现他眼前出现了新奇的东西之后，首先他会将握着的小手张开，接着，在他的视觉引导之下，他的小手会接近物品，最后才准确地把物品抓到自己手中。为了达成手眼协调，需要妈妈有计划有步骤地对他进行启发引导训练。

方法：

（1）带宝宝去一个充满野趣的郊外。

（2）到达目的地之后，看看周围有些什么东西。然后列出一个清单，如动物的羽毛、种子、树叶、圆形的东西、尖的东西、别人扔掉的垃圾、黑色的东西、硬的东西、一只昆虫等等。清单内的东西就是需要宝宝捡拾的东西，可以让宝宝和爸爸比赛，看谁捡得最多。

（3）妈妈还可以在一旁即兴地为宝宝增加捡拾内容，比如，捡一根小木棍、白色的东西、软的东西、美丽的东西……

（4）最后，就一些东西对宝宝进行说明。如可以拿起一个圆形的果子，跟宝宝讲自然界的所有东西都有其独特的功能，都很重要，圆形的果子人们不能吃，因为怕有毒，但是它却是小鸟的食物，所以它是重要的东西。

说明：

在不知不觉中，宝宝的手眼协调能力得到了提高，同时，他还明白了野外到底有些什么东西，这些东西分别叫什么名字。当然，妈妈让宝宝捡的都应该是安全无害的东西，回家之后，全家人再一起打扫个人卫生，这对宝宝来说也是一种成长。

当宝宝满3个月后，妈妈就可以教他与你"握手"了，握手时说"你好"——这不仅是对宝宝手的训练,更是一种礼貌训练。如果宝宝不能做到单独使用拇指与食指(以及中指)配合对捏抓东西,妈妈可以将宝宝的中指、无名指及小指握住,然后让他学着用拇指和食指对捏。

平时在给宝宝吃固体食物时,可将饼干或烤馒头片掰成小块,放在盘子里,让宝宝自己拿捏起来吃。还可让宝宝自己用手指抠出瓶中的糖吃。

○ 给宝宝一双巧手

这是宝宝手眼协调能力的提高训练,也是宝宝学会一些"高难度"动作的智力训练。

为了达成这些高难度动作,妈妈可以带宝宝做以下游戏。

◆ 写生

工具:

画板、画纸、笔。

方法:

(1)信手涂鸦

这是学画的宝宝首先要进入的阶段。妈妈可以先为宝宝做示范,让他看你画,提醒他注意观察你怎么握笔,怎样画横线,怎么画竖线,再画出周围的风景人物。

妈妈画完之后,可以换一张纸,让宝宝自由地画。在这个过程中,重要的是要培养他用笔涂画的兴趣,以及正确的握笔姿势。可以逐步地给他使用各种笔(如蜡笔、彩色水笔、铅笔、圆珠笔等),看他换了笔之后,握笔方法是否依然正确。同时,更换笔的方式也是保持宝宝画画兴趣的有效办法。宝宝掌握正确的握笔姿势越早,有控制的作画阶段就来得越快,所以,妈妈要反复给他示范,并手把手地教他。

让宝宝画画的地方很多。除了在纸上画以外,妈妈还可让他用手

指蘸上水在呵了热气的汽车玻璃窗上画;用小棍在沙地上画……

用笔画出横道和竖道是这一阶段的主要任务,画出道道,实际上就已经不是随意乱画了,而是需要停笔或抬笔的有意识有目的的控制画。

(2)有控制地作画

这时候,妈妈可以教宝宝画能封口的圆、正方形、三角形、十字等。在写生的时候,妈妈可以示范给宝宝看——先画一个正方形,再在其顶上画一个三角形,再在正方形上面画出长方形的门和"田"字形的窗,一个屋子就画好了,而太阳是圆形的,路是两条曲线构成的……宝宝懂得了基本的画法之后,妈妈可以给宝宝命题,启发宝宝自主地画,比如让他画一只气球、一块饼、一条鱼等等。

说明:

画中的一笔一道都要求宝宝做到手和眼的协调作用——作画是训练宝宝手眼协调能力的有效学习方案。

·备忘录·

(1)1岁宝宝可以做到用整个手掌握住笔,在纸上戳出点或画出笔道。之后经过训练,可用笔在纸上随意乱画。但在2岁前,还不能做到有控制地作画。

(2)妈妈为宝宝示范的次数不宜过多,否则反而埋没了宝宝的创造力。

(3)尊重宝宝的涂鸦自由,画得像不代表画得好。

(4)艺术感不是教出来的,但美感与色彩搭配是需要调教和培养的。

(5)妈妈要有心地"读"宝宝的画,跟他一起讨论画中内容,才能激发宝宝潜藏的画画兴趣。

【五】让宝宝参加体育运动

为了让小宝宝爱上体育运动，我会很刻意地对他进行感染。

我会给他看跟儿童运动有关的杂志和电视。透过杂志和电视，宝宝对球产生了浓厚兴趣——故事里的气球，图片上的足球、篮球，电视里的乒乓球、羽毛球比赛等，他都很感兴趣。

有一次，在某一期儿童运动杂志上有将乒乓球、羽毛球、网球以及相应的球拍配对的游戏问答。于是，我跟宝宝玩起了对答游戏："乒乓球——乒乓球拍，羽毛球——羽毛球拍，宝宝，还有什么球和什么球拍？"小家伙想了想，"还有篮球——篮球拍！"我赶忙纠正他："小球才有球拍，大的球不用球拍，因为拍不动……"

小家伙 5 岁的时候，已经能够专心地看体育实况录像了。一次，我们全家人一起看马拉松比赛，当他看到一名运动员紧紧地跟在一辆带路的摩托车后面的时候，皱着眉头问他爸爸："爸爸，这个运动员叔叔是想坐车吗？"

全家人哈哈大笑……

○ 让宝宝爱上运动

体育运动是与宝宝一生都有关的事情——体育潜能的开发如智能开发一样,存在一个开发的最佳时期。据儿童身体发育专家研究得出,4 岁是开始对宝宝进行体质潜能开发训练的最佳年龄,4 ~ 12 岁是实施体能训练的最佳时间段。

体育运动对宝宝来说有很多重要的功用,那么,妈妈则要发挥全力,用点计谋,想想哪一招能降得住你家的懒宝宝——让他爱上体育运动。这里为妈妈提供几种方案:

◆ 穿上运动装

现代宝宝的审美意识觉醒得早, 很有可能他在 2 岁半时听到别人夸他好看,他就会感到微微的虚荣。所以,既然新的运动装已经穿上了, 那就得做运动才能显示它与宝宝的相得益彰——这是宝宝容易理解的浅显道理。妈妈可以恭维你的宝宝:宝宝穿上这身真好看!

当妈妈和宝宝穿着印有小浣熊的运动衣一起出门时,宝宝认真配合的可能性会大大增加,若再加上爸爸来拍照或摄影,宝宝的动作会做得更加到位。有了照片和录像之后,当宝宝的小伙伴上门时,妈妈还可以把照片和录像给他们看,让宝宝过一过“明星瘾”。这么一来,当宝宝不再做运动时, 妈妈就可以旁敲侧击地说漂亮宝宝要胖成小浣熊了——相信视靓如命的宝宝会立刻中招,穿上运动衣,拉着妈妈的手主动做运动去。

◆ “运动器材”要新颖

现在的宝宝受电视广告和周围宝宝的影响很大,对时尚有敏锐的触觉,所以,让宝宝的运动与“时尚器材”挂钩,他一定会兴味盎然的。

妈妈可以给他买全透明的塑胶皮球，选取宝宝喜欢的时尚图案——宝宝玩球的时候，一定会吸引其他小朋友的目光，他们会参与到这个活动中来，宝宝的活动兴致必然有增无减。当宝宝身体的活动能力逐渐增强后，妈妈可以给他买滑板车做生日礼物，若别人的滑板车是黑色或银灰的，妈妈就给他买个鲜艳的颜色，如红色或蓝色，冲着这款"新车"，宝宝会不顾额头上的汗珠，尽情地去做一个"小飞侠"。

◆ 让勇敢宝宝来激发宝宝的尝试欲

若你的宝宝自幼胆小，以至于很多游戏都不敢尝试。比如他迟迟不敢下水学游泳，这时，妈妈就可以让他认识其他热爱游泳的小朋友，看到别的宝宝在水中欢快扑腾的样子，无论如何，你的宝宝都会有所触动，然后，妈妈就可以鼓励宝宝学游泳了。等宝宝学会了游泳，在炎热的夏季里，如果他半个月不碰水，就会想念在水中的日子。

◆ 将运动同宝宝喜爱的食物结合起来

如何让宝宝像喜欢吃巧克力蛋糕一样喜欢运动呢？

如果妈妈每周末都会为宝宝烤巧克力蛋糕，那么不妨在吃蛋糕的同时，带宝宝去远足爬山。烤好巧克力蛋糕之后，妈妈就将蛋糕打包，并带上小饼干、栗子、葡萄干对着宝宝欢呼:哇，又去爬山喽! 这样，宝宝就能把吃小零食的欢乐同远足爬山联系在一起——尽情地在运动中感受节日般的快乐，那么，赶快换上运动鞋吧!

○ 宝宝的平衡力运动

春天一到，天亮的时间开始提前，宝宝的晨练就可以开始了。每天保持一定的运动量，不仅能使宝宝身体健康少得病，还有助于宝宝养成活泼、开朗的性格。若能每天坚持晨练，一天的生活都会生机

勃勃。

那么,首先妈妈可以让宝宝来进行平衡能力的运动训练,以下运动方式可作为妈妈的参考。

◆ 爬楼梯

方法:

(1)妈妈牵着宝宝的右手,让宝宝用左手扶住栏杆上楼梯。

上楼梯的步骤应为:一步登上,两脚站稳之后,再向上迈步。从一开始,妈妈就要在宝宝迈步的时候给他鼓励,为他加油。

(2)以同样的方式,带宝宝学习下楼梯。

(3)妈妈不再牵宝宝的手,让他自己拉着楼梯栏杆,以刚才的"一步登上,两脚站稳"的方式上下楼梯。

(4)练习双脚交替上下楼梯——左脚上一级,站稳之后,右脚跟着踏上一级。

(5)下完楼之后,还剩一级(之后可增为两级三级)楼梯时,妈妈可以再牵着宝宝的手,从台阶上两足并着往下跳。

(6)如果楼道清洁卫生状况良好的话,妈妈可让爸爸跟宝宝玩一个惊险的游戏——滑楼梯。爸爸抱宝宝趴在楼梯扶手栏杆上,让宝宝顺着栏杆往下滑。

说明:

散步、爬楼梯等有氧运动,既能消耗体内多余的热量,又可以加强宝宝的身体机能,训练宝宝的腿部力量和平衡性,是非常适合宝宝的运动方式。

◆ 跳房子

工具:

粉笔、沙包。

方法:

(1)用粉笔在地上画格子,最高处为一个半圆形,里面写上天空。

（2）将沙包放在起始线的地方,单脚起跳——按照格子的单双,一边踢一边跳着前进,并将沙包踢到相应的格子里,出界或者跳错了格子都算失败。

说明:

玩跳房子游戏的时候不仅要小心,更需要有耐心。跳需要技巧,跳比跑和走都有难度, 单脚跳训练了宝宝的平衡能力和脚的控制力。

在平时走路的时候,妈妈可鼓动宝宝,跳起来够树枝;有时候还可让他来模仿跳动的小动物,比如小白兔、青蛙等——一边想像一边有节奏地跳,这是通过跳跃不定期锻炼宝宝平衡能力的小方法。

到宝宝满 5 岁时,一般都能做到:自然跳起,轻轻落地;原地能跳30 ~ 40 次;单脚向前,可连续跳 5 ~ 7 米远;能从 25 ~ 40 厘米的高处跳下;能原地跳 25 ~ 30 厘米宽;能迈过 30 ~ 35 厘米高的横竿。

小 提 醒

不要让现代化的设施束缚宝宝的手脚。即使是住在电梯公寓里,妈妈也可以先让宝宝爬楼梯,爬累了再坐电梯也不迟。

不要担心宝宝的衣服被楼梯栏杆弄脏,若栏杆太脏,妈妈可以带领宝宝将它打扫干净。这也是一个活动身心的锻炼方式。

滑楼梯时,爸爸要扶好宝宝,最好是从二楼滑到一楼,这没什么危险性。

○ 宝宝的力量训练

宝宝的运动能力与其先天身体状况有很大关系，但这并不意味着可忽视后天的训练。如果在宝宝小的时候不对其进行有意识的训练，那么很有可能宝宝的遗传潜能得不到开发。所以妈妈应尽量多地为宝宝提供活动场所，抓住活动时机，经常带宝宝走走跳跳。若是做到了这些，就算是不具备遗传优势的宝宝，其运动能力也会呈现出较高的水平。

当宝宝能做到较好地协调身体进行活动时，身体力量训练也应跟上来。有以下两种方案可供妈妈采用。

◆ 提小猪

方法：

在步行的过程中，如果宝宝感到脚累了，妈妈和爸爸可以一左一右地抓住宝宝的小手，让宝宝像玩吊环一样紧紧地抓住爸爸妈妈的手，然后脚一缩，就可以被提起。

宝宝的手吊累了，就可以换做走路。

说明：

走路的时候玩这个游戏，能够达到四肢全面锻炼的目的。当然，爸爸和妈妈也锻炼了各自的手臂肌肉力量。

◆ 丢沙包

工具：

一个沙包。

方法：

(1)让宝宝们(最少三个宝宝)以"剪刀石头布"来决定哪些为进攻方(投掷方)，另一组为防御方(靶子)。输掉的两个人为进攻方。

(2)两个投掷手相隔大约5米的距离面对面站着，"靶子"们站在两个投掷者之间，正对着握着沙包的那个投掷手。

(3)投掷手开始发球。记分规则为：靶子被击中三次，则要将投掷手换进来，自己去当投掷手。靶子用手接住了投掷手掷来的沙包，则可多一次机会，接住的次数与被击中的次数相抵消。

(4)宝宝玩熟练之后，可以启发他们自己制订游戏规则。

说明：

丢沙包的游戏不仅锻炼了宝宝双臂的力量以及腿部的弹跳能力，还锻炼了宝宝的全身协调能力以及手动作的方向感。尤其投掷手要相互配合，而"靶子"们要相互提醒、互为掩护，去识别投掷者的假动作和真意图，这考验了宝宝的判断能力，并让他们了解了团队精神的力量。

第二篇 户外的智力培养

对宝宝进行早期的智力培养是非常必要的。如果忽视了对宝宝的注意力、思维力、观察力、想像力等能力的培养，那么宝宝在以后的学习当中就会显示出弱势。因为幼儿期的智力教育，是入学期教育的基础。

对于幼小的宝宝来讲，重要的并不是通过书本来传授深奥的科学知识，因为宝宝接触的事物毕竟有限，如果失去现实根基，让他通过想像去学知识，就很容易让宝宝产生厌烦情绪。同时，能识多少字，能算对多少算术题并不能代表孩子智力的发育程度。所以，不拘泥于书本，离开枯燥的课桌，将宝宝带到户外，以玩乐的方式对宝宝进行智力培养，这是妈妈可以采用的最佳方式。户外的游戏可以弥补书本益智的多方面缺陷，对宝宝进行全方位的智力开发。

可以经常走到户外是宝宝的向往，而可以开发宝宝的智力更是妈妈的想法，以下，我们为宝宝和妈妈提供了两全其美的方法！

◆ 丰富宝宝的知识

◆ 放手让宝宝去探索

◆ 开发宝宝的想像力

◆ 让宝宝感受美的事物

【一】丰富宝宝的知识

　　"事实上,总是小家伙带着大人去探索、去感受,甚至是去感动的,而绝不是大人在带着宝宝感受最纯洁朴素的美。"

　　我一直都这么想。

　　有很多事情,在大人的心里,已经失去了居所。很显然,没有几个成年人还会想着去水库捕捞蝌蚪,也不会有几个成年人会想着自己做一个网去捕捉蝴蝶,抑或是白天跟踪蚂蚁晚上去看萤火虫……这些事情,在成年人的眼里,几乎没有任何意义可言。

　　当然,也许只是因为现实的事情太多,竞争太激烈……

　　可喜的是,小家伙来了,在他的带引下,我跟他的爸爸才得以重回那个被遗忘的纯美世界,心甘情愿地为那些只体现价值不体现价格的事情奔忙,并且陶醉其中。

　　就让宝宝来更新成年人的视觉吧!

○ 带宝宝认识水里的动物

　　妈妈要尽可能让宝宝觉得学知识是件有趣并且令人兴奋的事情,所以,当你要带宝宝去一个池塘前玩耍时,可以先跟他聊聊生活在水里的动物。

妈妈可以先向他提出问题：人潜水的时候，是用什么帮助自己在水里呼吸呢？让宝宝知道人是不能在水里呼吸的，若要长时间地待在水下，必须背上氧气瓶，穿上潜水服戴好潜水面具……说到这里的时候，妈妈就可以跟宝宝讲一种在水里生活的甲虫：有一种会潜水的甲虫，它会像人一样使用一套天然的"潜水装备"，它的身体后部有一个充满空气的气囊，它会利用其有效的呼吸系统，从周围的水域中收集氧气，以填满自己的气囊。有了这个"潜水气囊"，这种甲虫就能在水中待 36 小时之久！除了一个"潜水气囊"之外，它的身体是被一层蜡质皮毛包裹起来的，类似救生衣，这能让甲虫轻松地浮在水面上……

当妈妈为宝宝讲了这么生动的潜水昆虫之后，宝宝就会对在水里生活的动物产生兴趣，甚至想了解一些水生动物的生活习性。妈妈可以建议他养鱼或蝌蚪——在捕蝌蚪之前，妈妈可以通过与宝宝的对话让他了解蝌蚪以及其他水生动物的知识，提高他的喂养兴趣。

具体问题如下：

（1）"小蝌蚪的妈妈是谁呢？"让宝宝有这样的疑问，并带着悬念产生喂养小蝌蚪的愿望，然后妈妈可以告诉他，小蝌蚪的妈妈可能是青蛙也可能是蟾蜍。让宝宝通过喂养小蝌蚪，自己去发现小蝌蚪的妈妈是谁。

（2）"小蝌蚪是怎么出生的呢？"妈妈应详细地对宝宝讲：先是蝌蚪妈妈在水中产卵，但是这些卵不能直接孵化成青蛙或蟾蜍，而只能孵化成小蝌蚪，小蝌蚪只能生活在水里，慢慢地长成妈妈的样子。

（3）"刚孵出的小蝌蚪是什么样的，什么颜色，头的两侧有什么？"这个问题，妈妈可以先不要回答宝宝，让他自己去观察。

（4）"小蝌蚪能像妈妈一样既能生活在陆地上又能生活在水里吗？"答案是不能。

（5）"小蝌蚪吃什么呢？"妈妈可以明确地告诉宝宝，小蝌蚪吃水藻和碎菜叶等。

（6）"小蝌蚪是先长出后腿还是前腿呢？尾巴是怎样变化的？"这个

问题也交由宝宝自己去发现。

说明：

探究生物不同的生活习性是一件极其迷人的事情,当宝宝沉浸在养蝌蚪的兴奋里时,其好奇心能得到开启,注意力能得到集中,他们认识事物、了解事实真相的能力也能得到有效的开发。

·备忘录·

养蝌蚪应当注意：

(1)捕捉蝌蚪的时候先观察一下蝌蚪的"居住环境"

若只是一个静水池,那么养蝌蚪只需要一个"裸缸"就可以了——在"裸缸"的底部铺一层细沙,并可考虑放上一些生命力强的水草。若蝌蚪生活在流动的水域中,那么这种蝌蚪对溶氧的需求较高,需要替它们准备一个打气机——注意将出气量调到最低,避免水流太过剧烈。

(2)保持优良的水质

需要考虑的是,影响水质的因素很多,包括：蝌蚪数量、喂食的频率、布置好的环境等等。要使水质优良,需要常换水。至少应做到3~5天换一次水——倒去2/3的水,再注入新水。由于水质最差的部分通常会留在底层,其中有很多粪便以及没吃完的食物,所以,换水的时候,最好将底层的沉淀物吸干净,以起到有效改善水质的作用。

(3)协助宝宝记日记

日记的内容包括：①打捞的时间和经过；②刚打捞起来的蝌蚪是什么样子；③外鳃脱落的时间及经过；④后腿长出

的时间及经过;⑤前腿长出的时间及经过;⑥尾巴脱落的时间及经过。

○ 学会为动物分类

当宝宝意识里有了水生生物和陆生生物的分类之后,妈妈可以明确地向他道出动物的分类标准。当然,在向他说明之前,妈妈有必要跟宝宝玩一个猜动物游戏,让他仔细体会动物与动物之间的细微差别。

方法:

(1)妈妈以一种动物的口吻对宝宝说:"我的一些同伴会吃蚊子,1小时能吃600只蚊子。"让宝宝在脑海里搜索有这种特征的动物。

(2)"我们有翅膀,会飞。"这个时候,宝宝可能会去思考:会吃蚊子的鸟,是什么鸟呢?

(3)妈妈继续为宝宝作提示:"我们都有很好的听力!"

(4)"可我不是鸟!"宝宝的猜测被否定了,这时,他会有新的猜测。

(5)"我们是夜间飞行的高手,我们通过发出声波、听声波反射来探路,天气冷了我们会迁徙或冬眠……"

(6)"我们是哺乳动物,我们吃鱼、水果,还有鱼和青蛙……"

(7)"当我们头朝下,脚朝上时,其实是在休息……"

说明:

如果你的宝宝有丰富的动物知识的话,可能当妈妈提示到第四条的时候,宝宝心里就会知道答案是"蝙蝠"了。通过这个猜动物游戏,宝宝初步知道了动物与动物之间是有很多相同点的,而并不是所有会飞的动物都是鸟或昆虫,还有可能是哺乳动物,这么一来,妈妈为宝宝讲解动物的分类标准时,宝宝就比较容易理解并吸收了。

关于动物如何分类,妈妈可以通过设问的方式对宝宝做讲解:

(1)"猫咪跟蚕宝宝有什么不同?"——以说明动物分有脊椎动物

和无脊椎动物。

（2）"猫咪和麻雀有什么不同？"——以说明有脊椎动物分为哺乳类和非哺乳类，哺乳动物胎生、哺乳，而非哺乳动物卵生不哺乳。

（3）"麻雀、蛇、草鱼、青蛙有什么不同？"——以说明非哺乳动物还分为鸟类、爬行类、鱼类和两栖类。归于鸟类的动物都会飞；而归于爬行类的动物是以在陆地上爬行为基本生存方式的；而鱼类只能生活在水里，用鳃呼吸，无四肢，有鳍，有鳞片；两栖类的动物，其幼体在水中生活，用鳃呼吸，幼体长大后就可以到陆地生活，用肺呼吸。

妈妈在讲解的时候，最重要的是强调分类的标准。分类完毕之后，妈妈还可以出题考考你的宝宝，如有人将猫头鹰、蝙蝠、鹦鹉分为一类，将海豚、鲸鱼、鲨鱼分为一类，这是以什么标准来分的呢？标准既不是按哺乳和非哺乳动物来分的，也不是按鱼类和鸟类来分的——就是按这种动物是否能飞这个标准来做的分类。

小提醒

若宝宝有以虐待动物为乐的行为，妈妈应注意，这是孩子有心理障碍的表现。当宝宝心中的郁闷和消极情绪无处发泄时，就会出现找替罪羊发泄的攻击、破坏行为。对此，妈妈首先要自我反省，是否是自己对宝宝的关心不够。其次要加强对宝宝的爱心教育，讲述动物与人之间的感情，激发宝宝的爱心和同情心，引导宝宝友善地对待它们。

○ 丰富宝宝的生活知识

带宝宝走到户外，除了能够丰富宝宝的科普自然知识之外，还可在通过平时生活中的点滴琐事教他一些跟生活安全有关的常识。

有的常识可以让宝宝自己慢慢琢磨，自发地去理解，而有些常识则需要妈妈第一时间向宝宝说明。

◆ 过马路

生活中的小知识随处可见——当妈妈带着宝宝过马路，就在等待红灯转绿的时候，可以对宝宝来一堂"知识讲座"。

（1）向宝宝提问："十字路口的红绿灯对我们有什么用呢？"让他明白，红绿灯是用来指挥交通的。

（2）"红灯亮的时候，人们该做什么？"当宝宝懂得"红灯停"的道理之后，妈妈可以引导宝宝来一番设想：如果大家看见红灯，不知道停下来会造成什么后果？让宝宝明白：如果人们看见红灯不停，四面八方涌来的汽车和行人就会因各自方向的不同而产生混乱冲突，结果本来想抢时间过马路的人反而浪费了时间，甚至会造成交通事故。叮嘱宝宝一定要遵守交通规则——红灯停，绿灯行。

（3）"那么黄灯的作用是什么呢？"这个问题对于刚接触交通知识的宝宝来说也许有一定难度，需要妈妈详细地为他做讲解：因为过马路是需要一段时间的，如果只有红灯和绿灯两种灯，中间没有过渡的话，很有可能有的人正过了一半马路，红灯就亮了，走也不是停也不是，交通免不了一番混乱——这就需要一个黄灯，黄灯亮的时候说明红灯和绿灯要转换了，以提醒了人们做好行走或者等待的准备。

◆ 乘车

乘车安全也是妈妈较为担心的问题，所以，当妈妈带着宝宝乘车

的时候,就可以对他进行一番知识传播。

(1)告诉宝宝不要在车上来回走动。这里可以跟宝宝讲新闻里另一个小朋友的故事:"有一个 5 岁的小男孩,长得很可爱。一次,爸爸带他乘车,因为爸爸没注意到安全问题,所以当这个小朋友在车厢里跑来跑去的时候他没有干涉。小男孩玩得挺高兴的,在车上手舞足蹈,乘客都觉得他可爱,赞扬他。可突然司机来了个急刹车,小男孩摔倒了,从车内的第 8 排滚到了车头的车门处,头破血流。"

当宝宝听到这里,会有一种身临其境的感觉,妈妈则可叮嘱他乘车的时候不要在车厢内胡乱走动,没有座位一定要抓好扶手。

(2)让宝宝看看车窗外疾驰而过的车辆,当有一辆车跟你们所乘车离得很近时,让宝宝设想:如果这时候,有个小孩子把手和头伸出去,会出现什么后果。以此提醒他,乘车的时候千万别把头和手伸出窗外,那是非常危险的。

说明:

通过现实的例子让宝宝了解生活常识,这是很简单奏效的方法。当宝宝了解了过马路的规则和乘车的注意事项之后,妈妈就不用太担心宝宝出门的安全问题了。

【二】放手让宝宝去探索

有个朋友去国外探亲，看到了这样一幕：

外国家长在桌旁包饺子，而他们的孩子坐在桌旁全神贯注地看着这项有趣的活动。

孩子显然是吃过饺子的，所以当他看到饺子被一个个地放在盘子里，嘴就馋了——抓起一个生饺子就往嘴里送。

朋友刚想阻止，却被孩子的家长拦住了……

结果，那孩子咬了一口饺子就吐了出来。孩子父母大笑起来，什么都没说，继续包他们的饺子。而那孩子也似懂非懂地笑了起来，再也不抓桌上刚包好的饺子了。

没想到，中国的那句古话"吃一堑，长一智"被老外发挥得淋漓尽致。

仔细想想，中国的父母，以这种方式对待孩子的一定占少数。正如我，当我家的小家伙企图做一件"费力不讨好"的事时，我通常就会提醒他"结果可不是你希望的那样"。在小家伙的成长路上，设置种种提示标语，这真是令人扫兴的事啊！

"难吃的东西，吃了一次，就不会再吃了……"也许这才是最有利于培养宝宝探索精神的观念。

○ 让宝宝走上探索之旅

宝宝呱呱坠地的那一刻,他的探索之旅便开始了。

在这个旅程里,很多妈妈对宝宝的成长忧心忡忡——宝宝会抓东西了,他遇到什么都会放进嘴里咬一咬,这让妈妈犯难了,万一他吃进什么脏东西那可怎么办? 宝宝会爬了,可是他到处爬,这多不好,万一撞到头扎到手了怎么办?

不得不说的是,出于一种"保护宝宝"的意愿,很多妈妈都会在不知不觉中束缚宝宝的手脚,阻碍其长大的正常进程。而事实上,宝宝的各种"不安全"行为,都是一种探索世界的方式,是区分自我和外界的惟一办法。宝宝在探索过程中不仅能收获到快乐,更重要的是能获得切身体会和直接经验,而经验和体会是宝宝做好事情的保证,久而久之,宝宝处理周围事物越来越从容,才会自信满满,对生活充满希望。

所以,妈妈们不仅要放手让宝宝去尝试,还要多创造条件,让他们多尝试。

◆ 从宝宝的听觉、视觉、触觉三方面出发,创造一个吸引宝宝的环境

在听觉方面,我们要提醒妈妈的是:太安静并不好。

有的妈妈会认为声音太大太杂会刺激宝宝,于是总是带宝宝去非常安静的地方。实际上,这会阻碍宝宝听力的发展——适当地让宝宝听一些不一样的声音对宝宝的听力发展是有帮助的。

在视觉方面,虽然我们不主张用强光刺激宝宝,但应当做到让宝宝体会黑白的交替变化。这就需要妈妈在家时拉开窗帘,经常带宝宝外出观察天色的变化,这有助于宝宝视觉的发展,并培养宝宝白天玩耍、晚上睡觉的生活规律。

幼年时期触觉的发展和长大后手脚的灵活度关系密切,所以,在

触觉方面,妈妈千万不要因为怕宝宝用手和嘴探索外界而对宝宝施展"暴力"——为宝宝带上手套,让宝宝的手动弹不得——这对宝宝触觉的发展是极其不利的。

◆ 鼓励宝宝通过亲身体验来获取直接经验

宝宝一生的路很长,保护和逃避的办法肯定是不可靠的——保护自己的最好方式就是面对危险。不仅如此,能力是依靠经验的累积建立起来的,所以,宝宝的"亲身体验"开始得越早越好。体验越早、经验越多、应对外界事物的能力也越强,这样的宝宝长大以后,妈妈才可以放心地让他去闯天下。

◆ 开发宝宝的好奇心和求知欲

外面的世界对宝宝而言是非常神奇的,他会在好奇心的驱使下观察、摸索、尝试、比较、探索,并自得其乐。所以,要想你的宝宝聪明且富有想像力和创造力,则应为宝宝提供一个供他探索认识世界的环境,以激发他的好奇心,让他动脑、动手,多多尝试——将想法付诸于行动的宝宝才能提高自身的能力。

◆ 鼓励宝宝做探索总结

每次探索的事物,都是宝宝当时最感兴趣的事物,而每次探索,都会有所获得——有时候宝宝会忽略这一点,所以,妈妈要鼓励他做探索总结。

宝宝在探索中,难免会遇到一些困难,而他是如何克服困难的呢,下次再遇到同样的困难又该怎么办——这都是妈妈应当提醒他去总结的。在总结的过程中,他才会回过头来,仔细体会

探索中的细节内容,进而发现自己的潜能,并学会自我欣赏。会总结的宝宝才是在探索中不断提高的宝宝,而能够自我欣赏的宝宝才会有知难而进的坚强品格。

○ 放大宝宝的感官认识

宝宝对周围事物的观察能力实际上是将视觉、听觉、嗅觉、触觉结合在一起,并进行理解、分析的综合能力。这也是宝宝对事物进行探索的基础能力。观察辨识能力强的人能做到头脑清晰地整理周围事物,并得出一个概括性的结论。

当宝宝还没长大可以自如地外出跑跳并进行行走的年龄,妈妈对宝宝探索精神的培养也可以开始了。即使是宝宝还要缠着妈妈,要妈妈抱,妈妈也可以将他带到户外,坐下来,认识树木、花草以及小鸟、蚂蚁等自然界中的事物。

◆ 通过感觉去认识的事物

当太阳光洒下来的时候,妈妈可以向宝宝发出感叹:太阳出来了,照得人暖烘烘的。当风吹过来时,妈妈问宝宝:吹风了,冷吗?这些都是宝宝通过自己的感觉就能认识到的简单事物。

宝宝稍大一些,妈妈还可以带他去公园里的草地上,跟他一起躺在地上,双手握拳举向空中。跟宝宝来一个比赛,谁听到一种不同的声音就伸出一个手指,风吹草动的声音、树叶落下的声音、流水声等都可以列于倾听范围内,最后看谁听到的声音种类多——这是让宝宝体会声音和宁静的好办法。

◆ 通过观察去认识的事物

站在一棵小树的旁边,妈妈可以指着树干对宝宝说:"一棵树的年龄越大,它身体上的枝桠就越多,宝宝来看,这里最老的树是哪一棵呢？"让宝宝带着目的去观察树。

除了有针对性地指示宝宝观察之外，妈妈还可以让宝宝自主的观察。宝宝都喜欢看小动物，越小他越感兴趣，妈妈可以建议他趴在地上仔细看看，地面上的草丛里有些什么不容易被注意到的东西，如草叶上的露珠、一只七星瓢虫、沾满花粉的甲虫以及蜘蛛和蚂蚁，这对于宝宝来讲都是一番奇特的景象，所以他们会全神贯注地注视着这一切。

当宝宝兴高采烈地向你表述他看到的微小动物之后，妈妈可以给他一个放大镜，以便更清楚地观察，并激发宝宝的想像力，问他："如果人们也像蚂蚁这么小，这个世界会变成什么样子呢？幼儿园到家的距离还能不能那么远……"

◆ 通过观看和听讲解去认识的事物

观察了整体的树之后，妈妈还可以让宝宝从小处着眼进行新一轮的观察，如拾起一个叶片，对宝宝说："所有的叶片上都有叶脉，宝宝知道叶脉是什么吗？就像人身上的经脉一样，宝宝来找出叶的经脉好吗？"

之后，妈妈还可以让宝宝想想，面前的这些植物，哪些是终年绿色，而哪些是到了秋天叶子就会掉落的……向宝宝解释为什么有的树终年都是绿的——其基本原因是：大多数的树都是一年换一次叶子，而像松树、柏树等是三年到五年才换一次叶子。不仅如此，树叶的表面积越大越容易丢失水分，秋天冬天本来就干燥，所以，为了防止树的水分消耗，有很多树都会落叶子。松树和柏树由于其叶片表面积小，并且有蜡层，不会散失多少水分，所以，看起来终年都是绿色的。

说明：

宝宝对事物的认识都是由表及里、从简单到复杂的。所以，先

刺激宝宝的感官功能,再带领宝宝进行深层次的探索,宝宝会对所学到的东西记忆犹新。

○ 雨天里的探索

欧美国家的父母主张让宝贝们在雨中打水仗、打泥仗,不会特别顾忌天气的因素,让他们尽情地发挥游戏的天性。而在中国,一遇到下雨,很多妈妈会自然而然地取消宝宝所有的外出活动。其实,大自然中的正常现象都是宝宝应当体会的,就算是雨天,也不仅仅局限于让宝宝坐在家中看看雨就行了,妈妈们完全可以带宝宝出去,借着空中飞落的雨滴,让宝宝更真切地感受外面的世界。

那么,雨天里,究竟该如何玩耍呢?

(1)如果天空下着毛毛雨,妈妈可以让宝宝学着你的样子伸出舌头去接小雨点,让他感受雨点轻触舌尖的滋味。特别是在下雨的时候在大自然中漫步,你和宝宝一定会感受到空气的清新。

(2)若雨下得较大,妈妈可以为宝宝穿上防水鞋和雨衣,带着他到大街上,提醒他注意观察路人的着装打扮和平日有什么不同。

(3)春夏之交时,如果附近能找到有青蛙的地方,可以和宝宝一起去找小青蛙。让宝宝体会一下雨天中的青蛙叫和平日里有什么不同。当宝宝告诉你雨天里的蛙声比平日里都要大时,你可以跟宝宝讲明原因:阴雨季节,空气里的水汽多,使得青蛙皮肤里的水分增多,所以就会很活跃,叫声也就很大。再加上春夏之交正是青蛙的繁殖季节,雄青蛙要以它们洪亮的叫声吸引雌青蛙进行交配。

(4)为宝宝出一条古老的谜语:千条线,万条线,落在地上看不见。让宝宝猜猜是什么。

(5)当宝宝转念一想:雨为什么会从天上掉下来呢?妈妈应该站在一个科学的角度向宝宝讲述:水蒸气在上升的过程中,温度会越来越低,当低到一定程度时,水蒸气就会凝结成水滴或冰晶,这些水滴和冰晶积聚在一起,就会形成云。当云里的冰晶和水滴不断碰撞,再加上有新的水滴和冰晶加入到云里时,云就会变得越来越大,越来越重,当重到空气托不住的时候,这些水滴和冰晶就会往地面上掉,冰晶在下落的过程中也化成了水滴,也就形成了雨。

说明:

几乎大部分宝宝都会被天气的变化吸引——下雨了,整个世界开始滴滴答答,奏出最质朴的乐章;街上的人变了,青蛙的叫声变了,很多东西都跟平日有所不同……看到这些变化,宝宝的观察兴趣自然而然就会高涨起来——这是启发宝宝"探索精神"的最佳时机。

小 提 醒

如果你的宝宝习惯了城市生活,抱怨雨水为生活带来了不便的话,妈妈应当为他讲解:雨水丰沛,植物才会长得好,粮食的收成才会好。同时,如果天气过于干燥,对人的身体也会有不好的影响。雨是自然给人们的恩赐。妈妈要提醒宝宝懂得与大自然和睦相处,享受自然。

【三】开发宝宝的想像力

　　小孩子的逻辑从来就是匪夷所思的,这就是他们想像顺利进行的依托。在他们的意识里,一切皆有可能。这种积极的意识恐怕比现实的成人有人情味得多。

　　小家伙跟邻居宝宝就曾经有过这样一番假想。

　　邻居宝宝说:我小姨要去日本了,我放暑假也可以去!

　　小家伙吃不到葡萄说葡萄酸:我妈妈说,日本离我们很近,美国才远呢!

　　邻居宝宝的地理知识也很丰富,接着便说:美国有多远,还没月球远呢!

　　作为妈妈的我开始插嘴了:月球在哪儿?

　　宝宝们不假思索地回答:在天上!

　　突然,小家伙开始问邻居宝宝了:如果你的鞋子跑到月球上了怎么办?

　　邻居宝宝凝神不动了,冥思苦想究竟该使用什么办法把鞋子捡回来。

　　我又开始插嘴了:鞋子怎么能跑到月球上去呢?

　　小家伙悄悄地跟我说:这是拟人! 拟人修辞! 你不懂吗?

　　接着, 两小家伙的宇宙讨论正式开始……

○ 为宝宝的想像创造条件

儿童期是孩子想像力最丰富的时期,他会认为太阳公公和月亮婆婆是真实的两条生命。植物是有生命的,动物更不用说,动物们都会说话……

想像力是智力的重要构成要素,没有想像力,创造行为便无从谈起。而事实上,宝宝是不需要妈妈教他如何想像的,他生来就懂得想像。妈妈要做的只是迎合他的想像——即使是他们的想像乍听起来有些可笑和不切实际,不要打击他,应当鼓励他将想像变得更具体更细致,让他自己去体会想像与现实的差距。

激发宝宝的想像力,妈妈可以从以下几个方面着手进行:

◆ 积累表象材料

表象材料就是在知觉基础上形成的存在于宝宝大脑中的具体感觉形象——表象材料越丰富,想像越容易产生。正如只有当宝宝听了小红帽的故事之后,才会产生害怕大灰狼的心理——因为在他的想像中,大灰狼就是要吃人的。

那么如何让更多的表象材料积存于宝宝的脑海中呢?

如果可以把宝宝的大脑比做相机,那么生活中不同的环境和场面便是风景,风景变换,照片的内容才能变换。看名胜古迹的时候脑海里拍了照片,游山玩水时,同样在拍照片。所以,各种不同的"风景"是宝宝发挥想像的基础。

首先,妈妈要带宝宝接触大自然。自然的景象能引发宝宝无穷的遐想——白云像绵羊,墨绿的草地像地毯……妈妈多带宝宝出去走走就会发现,再平淡无奇的自然景象,在宝宝眼里,都是奇妙的童话世界。

其次,想像的前提是对生活的认识,生活材料也是宝宝想像的源泉。所以同样的,妈妈要让宝宝目睹并接触生活的方方面面。美好的、

阴暗的生活事件,妈妈都可以跟宝宝一起体会,并对他做详尽的讲解。这样做最大的优点就在于让宝宝的想像能由天马行空归于现实。同时,还可以让宝宝帮你做一些他力所能及的事,在这个过程中,他懂得了再简单的事都是通过小细节构成的,这能让他的想像更符合逻辑规律,并开始企图分步骤地实现想像。

◆ 让宝宝无拘无束地想像

即使是宝宝的想像完全背离现实,也不要打击他想像的积极性——越长大,宝宝的想像会越趋近于现实。

为了让宝宝自由地想像,妈妈应当多给宝宝提一些开放式的问题,比如羽毛球挂在树上了,有几种办法可以将它拿下来呢?类似这样的问题,答案就可以有很多种,比如摇动那树,或用竹竿把它挑下来……宝宝在想出办法时,脑海里有很多想像中的场面出现。

除此之外,妈妈还可以为宝宝讲述启发性较强的故事。听故事的整个过程,宝宝都在想像。妈妈最好是选取情节生动宝宝感兴趣的故事来讲述。比如《雪孩子》的故事,很有可能宝宝会含着眼泪将故事听完,最后,妈妈还可以借这个"雪融化了"的故事让宝宝了解雪在什么情况下会变成水的科学知识。

总之,宝宝的想像无处不在,妈妈应当鼓励宝宝放开手脚,多接触、多体会,这样才能够起到事半功倍的效果。

○ 手工游戏培养想像力

自然界有很多材料,都可以经你的一双巧手变废为宝。比如,收集一些树叶,妈妈就可以让宝宝将它们制作成明信片。而根据树叶的不同颜色和形状,将它们粘贴起来,还可以创造出一幅幅生动并充满质感的图画。

这里为妈妈提供一种"树叶拼图"创意游戏。

工具:

一块硬纸板、胶水、剪刀以及梧桐叶、樟树叶、柳树叶、松针等。

方法:

(1)妈妈先带宝宝采集树叶。当然,采集的树叶不只局限于以上几种,完全可以根据宝宝的喜好,让他随意地采集。

(2)树叶采集够了之后,找个平整的地方(比如公园里的石桌、石凳等)坐下来,然后开始根据树叶的形状和颜色设计你们即将贴的画。

(3)妈妈可以先有目的地引导宝宝,比如拿起梧桐树叶问宝宝:将这片树叶改装一下可以用来干什么?让宝宝思考片刻。然后,妈妈在宝宝的注视之下,将梧桐树叶中间突出的三角形剪掉,再问宝宝:这像什么呢?(妈妈的用意是以这块树叶来做小猫的头。)

(4) 当宝宝很赞同地表示出梧桐树叶的确可以做小猫的头的时候,妈妈再问他松针可以做什么。(妈妈的用意是做小猫的胡须。)

(5)之后,妈妈可以让宝宝说出柳树叶可以做什么,樟树叶又能做什么。

(6)当确定了每种树叶的功用之后,妈妈要跟宝宝一起设计一套剪贴方案,比如先做小猫的头,再为它粘上胡须、眼睛、鼻子,接着粘身子、尾巴,再做几条鱼在旁边。接着,将方案实施。

(7)"小猫钓鱼"图画贴好之后,妈妈可以鼓励宝宝按他自己的想法独立地贴一幅画。

说明：

当宝宝跟着妈妈的步伐，按照自己的想像贴出一幅画之后，他的再想像、再创造的愿望便会被激发起来。同时，他的动手能力也得到了进一步的提高。

小 提 醒

对于树叶的用途，若宝宝说出了跟你迥然不同的观点——只要是宝宝有其充分理由，并真能将树叶拼成他想像中的样子的话，妈妈尤其要鼓励他。千万不能将你的意志强加给宝宝，这只会束缚宝宝想像的翅膀。

如果宝宝以后出现了"捡破烂"的行为，妈妈千万不要抱怨。事实上，很多"破烂"对于宝宝来说，是有其重要用途的，只是妈妈不知道而已。

○ 在想像中猜谜

猜谜游戏其实是训练宝宝想像力的。当妈妈将宝宝带出户外之后，可以根据眼前见到的景象即兴地为宝宝出一些谜语。

以下谜语可做妈妈的参考：

（1）高高一座楼，不着地也不腾空，原来它造在水当中。（轮船）

（2）肚子大，尾巴小，背上有双大翅膀，直上直下很轻松，升降不必用跑道。（直升机）

（3）冬天飞满天，夏天看不见；像糖，却不甜；像盐，却不咸；像棉花，不能抓。（雪花）

（4）像云不是云，像烟不是烟，日出慢慢散。（雾）

（5）好朋友，天天跟着宝宝走，有时走在前，有时走在后，想和他说话，他却不开口。（影子）

（6）红火球，挂天上，年年月月它当家，又发光来又发热，地上的人们全靠它。（太阳）

（7）嘴像小铲子，脚像小扇子，走路晃来又晃去，嘎嘎唱歌真快乐。（鸭子）

（8）不会飞，只会爬，没翅膀，没羽毛，能在空中造房子，房子没墙也没瓦，蚊子苍蝇却害怕。（蜘蛛）

（9）三角头，爪子脏，尖嘴尖牙齿，晚上出来偷粮食。（老鼠）

（10）驼背公公，力大无穷，爱驮什么？车水马龙。（桥）

【四】让宝宝感受美的事物

　　小家伙是典型的在城市中生长的孩子。当我第一次带他去看他一直没见过的绿色树林以及小桥流水时,他彻底被眼前的情景折服了。

　　腾云驾雾般的吊桥,脚一踏上去,就不停地晃动;吊桥的扶栏已经被磨得发亮,木块与铁索因摩擦而吱嘎作响;吊桥下面就是深渊,水在桥下流。躺在地上,闭上眼,倾听土地的心跳,睁开眼,看绵延直上的针叶林指向云端……这让宝宝发出由衷的慨叹。

　　在这样的野外,小家伙的笑声是最爽朗的,而我的精神也随之高扬,敬畏与赞美之情油然而生。

　　最后,我们围坐在一起,相视而笑,默默地分享这份惊喜与神奇。离开时,小家伙一边依依不舍地边走边抚摸参天的树干,一边抬头仰望这座绿色的圣殿……

　　这就是自然之美,如果宝宝没有真实地目睹这一切,又如何感受得到呢?他又如何能真正地认识到"万事万物都是有生命的"这一道理呢?

○ 感受自然之美

　　现代社会的妈妈,要去外面的世界奔忙以应对烦琐的工作,又要回家照管好宝宝——经常需要面对家庭事业两兼顾的情形,有时候难免心情烦闷。这时,去大自然中感受一下自然之美不仅成了教育宝宝的方式,而且还是妈妈放松身心的办法。

当你带着宝宝醉心于山岭漫步、淋浴在大自然的宁静中,悉心体会,你会发现,大自然总会以不同的方式感动我们——金色的阳光让人温暖,清风拂面让人惬意,鲜花绽放着它的美丽,鸟儿飞翔展示其优雅,甚至是风吹来"呼呼"声音,也是美的。

屏气凝神,将身体与自然的美融合起来……原来生命比某些困扰我们的生活琐事伟大多了!

人对自然中美的感受能力是可以培养的,而这种对美的体验能让我们更透彻地了解我们人生的美好。同时,对于宝宝来说,体味自然会给他带来很多积极作用。

◆ 思维变得宽阔

当宝宝沉浸在宽广的自然界,他的思维会自然而然地拓宽——野草一望无际,大树参天,躺在草地上,观看树梢直上云霄……这时候,如果让宝宝玩猜谜游戏,他的思维也会变得很宽阔。比如,会飞的动物不一定都是鸟,这个世界也不该有害虫和益虫之分,因为无论是哪个动物,都是出于它们的生存本能来行事的,它们对人类无益的行为都不是出于恶意。

当宝宝惯于去了解一件事的来龙去脉时,就会站在一个非常客观的位置去思考问题,他不仅能体会到美,而且能不被丑恶的事情所打击,这也就是思维宽广的表现。

◆ 关爱生命

当宝宝已经做到心与自然融为一体时,心灵会变得自由舒畅。

海鸥高飞、风吹树动、燕子在窝里扑打翅膀为振翅高飞做准备、水奔腾击打石头……这都是生命的象征。当宝宝目睹并感受了这些之后,他对生命的关注程度就会提高,关爱生命的宝宝会更爱自己以及

家人朋友。

◆ 保护自然

一旦人们对自然有了一次愉快的接触之后，他们就会自觉地保护它。宝宝也一样，当宝宝爱上了在草地上打滚、爬树，体味到自然的美妙之后，会对那些破坏自然的人与行为表示愤慨，这也是宝宝养成保护自然、支持环保等习惯的开始。

人可以跟动物一样，通过自己的视觉、触觉、嗅觉与自然进行直接的交流，体味自然的平静与美丽、神奇与壮观，同时，心灵得到升华。

○ 换一种视觉看自然

妈妈试着让宝宝从一个新的角度去看大自然，那么，在宝宝眼中，自然会变得更加新鲜、有趣。

方法：

（1）一家三口，去树木繁茂的野外。到达目的地后，这个游戏就可以开始了。

（2）先让宝宝在地上刨来刨去，看看有没有虫子。当宝宝发现虫子之后，可以启发宝宝，想不想回到幼儿园的时候告诉其他小朋友关于虫子的事情呢。这个时候，宝宝肯定乐意把虫子放在手心，看他们是如何爬的——先建立宝宝与虫子的亲密感，让宝宝丢掉对虫子的偏见，开始学着去欣赏这些迷人的小生灵。

（3）建立起与虫子的亲切感之后，宝宝就不会害怕躺在地上有虫子爬到自己身上了。这时，妈妈就可以让宝宝躺下来，将树叶盖在宝宝的身上，形成与土地及大自然融合的感觉。

（4）宝宝躺好之后，妈妈也一起躺下，要求宝宝闭上眼睛，不说话，在你的指示之下睁开眼。

（5）静默一分钟之后，由妈妈发出指示，让宝宝睁眼——其目的是让宝宝躺在地上，以一种非人类的视觉来仰望天空，仰望自然，并把自己想像成自然的一部分。

说明：

当宝宝静静地躺着，全神贯注地观察翱翔的飞鸟、树梢处的云朵飘动，专心致志地聆听随风摇摆的树的沙沙声时，他一定会被大自然的美深深地折服，并沉迷于这种享受。

小 提 醒

妈妈预计到宝宝会感到厌烦时，应及时发出信号，告诉宝宝游戏结束。但也许你会惊讶地发现，宝宝的耐性是可以培养的，他完全可以躺在地面上 20 分钟都不觉得烦。

○ 感受傍晚之美

傍晚，是妈妈带宝宝进行户外活动的极佳时间。

太阳即将落山的时刻，西边的天空变得奇幻无比，此时地面会呈现出万物生辉的景象；同时，即将归巢的动物会非常活跃，这正是宝宝观察它们的时机……太阳西沉，天边的星星若隐若现，逐渐地，夜空群星闪烁，美丽非凡——整个过程中，对于好奇心正旺盛的宝宝来说一定是伟大的，他非常渴望成为这个过程的目睹者。

那么，妈妈就关上电视吧，一家三口走到户外，去观看常常被人们忽视的奇异景象。

通过下面这番话,向宝宝传达傍晚之行的意图:

　　宝宝知道吗? 在晚上,人的视力比熊要好,甚至可以跟猫一样。平时,我们根本发现不了这一点,因为我们有灯,我们的视力在夜里很少能充分发挥其作用。其实,如果我们不生活在灯光下,只要在黑暗中待上45分钟,就可以适应黑暗,能在黑暗中依靠眼睛看清楚很多东西。

　　有一种东西,在黑暗中闪烁,点了灯反而看不见,只能靠眼睛才能看见,宝宝知道是什么吗? (给宝宝一点思考余地)对,就是星星!

　　在晴朗的夜空中,我们能看到 2 000 多颗星星。这些星星,离我们最近的都有几十光年(这时,妈妈可以跟宝宝讲讲光年的定义),而远的就太远了,有成千上万光年那么远。而我们现在看到的星星的光,也不是现在发出的光,而是那颗星星几千几万年之前发出的光。这一缕光线,是经过成千上万年的太空旅行才到达地球,恰巧被宝宝看见的……

说明:

　　好奇心是宝宝所有行为的驱使,只要妈妈将夜晚的景象的可贵之处跟宝宝讲述一番,一般情况下,他都会很配合你的要求。走到户外跟黑夜做伴——这比天天看电视有益得多。

　　妈妈要让宝宝观察的包括西方的日落景象及身边其他事物的变化。而实际上,在他的观察之中,不用担心宝宝顾此失彼,让他随着兴趣去观察,别担心会错过什么。

　　最好带一只手电筒,这样宝宝想玩多久都可以,说不定还可以跟夜晚来一番探险之旅。

·备忘录·

感受傍晚的活动结束之后，妈妈应交给宝宝一张单子。

单子的具体内容如下：

活动时间：＿＿＿＿＿＿＿＿＿＿＿＿＿＿＿

活动地点：＿＿＿＿＿＿＿＿＿＿＿＿＿＿＿

看到或听到的事情：

（按时间顺序在括号内将它们标出来——第一个看到的标注"1"，第二个看到的标注"2"，依次类推。）

飞机（　　）

星星升起（　　）

影子变长（　　）

除了西方,其他方向天暗了（　　）

有蝙蝠飞过（　　）

天空中显现金色的余晖（　　）

夜行鸟(如猫头鹰)开始鸣叫或飞翔（　　）

北斗星出现在天边（　　）

远处有霓虹灯亮起（　　）

有流星划过夜空（　　）

太阳消失在地平线之下（　　）

气温开始下降（　　）

蛙叫（　　）

夜色笼罩了远方的山脉（　　）

四下里传来昆虫的叫唤（　　）

影子开始聚合在一起(　　)

天空变成紫色(　　)

鸟叫声消失,倦鸟归巢(　　)

月亮初升(　　)

听到狗叫声(　　)

鸟聚在一棵树上(　　)

其他景象:

＿＿＿＿＿＿＿＿＿＿＿＿＿＿＿＿＿＿＿＿＿＿＿＿＿

＿＿＿＿＿＿＿＿＿＿＿＿＿＿＿＿＿＿＿＿＿＿＿＿＿

如果某种变化(如天空中云的色彩变化)持续进行,也不要拘泥于形式,可以在表中增加一些描述性语言。

第三篇 户外的社交能力培养

社会是由人构成的,人都属于社会。在成人世界里,社会交往能力强的人往往比较受欢迎, 他的想法也往往能得到大家的支持,他的能力才能得以施展。对于孩子来讲,从小培养他的社会交往能力也是非常重要的。

宝宝从能看东西、听声音开始,就已经在受外界的影响了。随着年龄的长大,他遇到的人和事会越来越多,也就不可避免地要去面对面处理最直接的人际关系。

虽然人际关系的好坏,对于年幼的宝宝来讲还不会表现出太大的利害关系,但它却能影响宝宝的心情——良好的人际关系,能让宝宝的心情变得轻松。

出于独生子女家庭占绝大多数的社会现状,宝宝没有与兄弟姐妹交往的自然环境。所以,妈妈要努力为宝宝制造一个丰富的人际环境,让他们多接触人群,培养他的合作精神,给他一颗友善的心,让他快乐地与人相处。

◆ 培养宝宝的沟通能力

◆ 宝宝的情绪教育

◆ 让宝宝大方得体

◆ 帮宝宝建立友谊

【一】培养宝宝的沟通能力

小家伙的语言能力发展经历了三个可喜的阶段：

第一阶段是盲目的举一反三期——

当我问他：橙子是橙色的，西瓜是什么颜色的？

他答：西色的！

我想，这是我问话方式的错误，于是，马上以另一种方式问他：橘子是橙色的，西瓜是什么颜色……

后来，我一不小心又犯了同样的错误。

我问：小鸡叫叽叽叽，小鸭怎么叫？

他答：小鸭叫鸭鸭鸭！

第二阶段是狡辩期——

那天，小家伙画了一幅画，画中的海水里只有几根水草。我问他，没有其他小动物吗？

小家伙指着画面外答道：海龟的家住得太远了，小鱼呀、小虾还有螃蟹……它们都在睡觉呢！

第三阶段是自我意识膨胀期——

某日，爸爸问小家伙：你的大脑袋里面装的是什么呀？

小家伙得意地说：是智慧！

○ 父母启蒙宝宝的语言

　　爸爸妈妈与宝宝说话的方式，其实就是宝宝最初掌握的语言方式，而最初的方式，对宝宝的影响也许是最深的。

　　宝宝的词汇量是由和他交谈的次数来决定的。如果爸爸妈妈经常跟他说话，相应的，他掌握的词汇就越多。事实上，若妈妈能做到经常跟自己的宝宝交谈，到宝宝 2 岁时，他的词汇量就很丰富了；到宝宝 2 岁半时，他就可以主动并正常地与人交谈了；如若在 2 岁半之后到学龄前期这段时间，让宝宝接受不同的交流形式和不同的学习刺激，他的语言智力会发展到又一个高度。

　　谈话的方式不仅跟妈妈使用的词汇的数量有关，还跟妈妈的态度有关。举个例子来说，当一个妈妈正在打电话，宝宝在旁边大声喧哗，妈妈不同的反应会给宝宝造成不同的影响。若是粗暴地对宝宝大喊"住嘴"，那么宝宝很可能服从命令，并产生一种恐惧——这会影响宝宝的语言能力的发展；若是很郑重地对宝宝说"妈妈正在打电话，请你安静"，如此一来，宝宝是在理解一件事的前提下改变自己的行为。以后，他也懂得了，要让别人配合自己，那么得向别人给出合理的解释——妈妈复杂的口头请求，实际有助于发展宝宝的语言能力。

　　良好的语言能力能帮助宝宝表达自己的感受和需要，而一个好的语言环境是宝宝具备一种良好语言能力的关键要素。妈妈可根据宝宝的实际情况，选用以下方式，以求形式多样地对宝宝进行训练。

◆ 把握宝宝语言发展的关键期

　　2～6 岁是宝宝学习语言的关键期，在这一时期内对宝宝进行语言训练，能起到事半功倍的效果；反之，则可能影响宝宝的终生。正如"狼孩"，他就是在孩提时代跟狼居住在一起，没有人对他进行语言的训

练，尔后，即使是有专门的研究者花大工夫去教他说话，却仍然收效甚微。

所以，抓住和把握宝宝学习语言的关键期，有计划、有目的、系统性并持久地对宝宝进行培养训练，不可拔苗助长，也不能急于求成。

◆ 启发宝宝多说

首先，要启发宝宝的语言兴趣。妈妈应选择内容适合宝宝、有大量图画的书，多为宝宝读书，让宝宝的心随你的讲解和书上的画面而动，让他彻底爱上书。除了读书之外，还可多为宝宝读儿歌、童谣，抑扬顿挫的语句能激发宝宝的语言兴趣。任何学习都是由易到难的，所以，在读书的时候，妈妈应注意用夸张的口型和表情对着宝宝一字一停顿地说，切不可拔苗助长。

其次，妈妈应当制造机会让宝宝表达他的需求和想法。当宝宝需要一件东西的时候，妈妈不要马上满足他，要让他自己说出来他到底想要什么，这就是通过给宝宝说话机会的方式培养宝宝的说话能力。

当宝宝为学习语言付出努力时，妈妈要赞扬他；若他出现了什么错误，要温和地纠正他；当他想说什么却找不到合适的词去表达时，应给他一些小小的提示，让他掌握更多的词汇——这才是鼓励宝宝多说话的积极方式。

◆ 以思维带动语言

语言是用来表达思维的——只有说得清楚，并且对方听得懂，这才是真正意义上有效的语言。

所以，妈妈在培养宝宝语言能力的时候，要把语音同其本身的含义结合起来。否则，"鹦鹉学舌"似的训练不但不能促进宝宝语言的发展，还可能让宝宝的思维受阻，时间长了，宝宝就会产生厌学情绪。

◆ 给宝宝一个文明的语境

大量的研究表明，父母的语言水平、文化修养、家庭藏书等情况，对宝宝的语言发展有重大影响——若是父母说话粗俗、词汇匮乏,这必然会对宝宝带来负面影响。

虽然,父母的词汇量并不能在短时间内得到有效改变,但妈妈可以通过多为宝宝读书的方式来改变这一情况。而更重要的是,妈妈最好是能为宝宝营造一个讲普通话的环境,用规范的语言来教宝宝——妈妈要注意自己发音的准确性以及规范性。

平时还要注意,不可厉声对宝宝说话,不要恐吓宝宝;不要在宝宝面前讲别人的坏话;尽量多用积极的语言,少用消极、命令性语言;跟宝宝对话多采用提问的方式;对宝宝好的语言行为,要多讲、多鼓励。

总之,妈妈要在宝宝语言发展的关键期督促宝宝勤加练习,多看、多听、多读、多写,采取科学的方法和态度以促使宝宝语言能力的发展。

要提醒妈妈注意的是,宝宝2~3岁时容易发生口吃。若宝宝出现口吃,妈妈不要刺激他,应鼓励他慢慢讲话,只求讲清楚。尽量避免与别的口齿伶俐的宝宝发生争论,否则,由于心急,宝宝的口吃会更严重。

·备忘录·

妈妈应抓住宝宝语言发展的关键期对宝宝进行语言教育。这里,我们提供不同时期宝宝语言发展的不同水平,供妈妈参考。

◆ 2-3岁宝宝的语言能力

(1)能用语言表达自己的要求。

(2)能提出简单的问题,说明简单的事情。

(3)无法发出的语音逐渐减少。

(4)能听懂问话、要求,能听懂简单故事。

(5)能说简单的英语单词。

(6)能念一些简单的儿歌,唱一些简单的童谣。

(7)能模仿成人说话。

◆ 3~4岁宝宝的语言能力

(1)倾听能力

①喜欢听和谐、悦耳的声音,乐意同别人说话。

②听别人说话时,能保持安静,并能注意别人的口形,辨别语音。

③能理解简单的指令,如妈妈让他帮忙拿东西的指令。

④在集体中能做到认真倾听老师和同伴说话。

⑤能听懂普通话。

(2)表述能力

①开始用简短的话表达自己的思想。

②乐于回答别人的问题。

③愿意学说普通话。

④喜欢与人交谈,别人说话时不会随便插嘴,能控制不同场合声音的轻重度。

⑤能独立唱儿歌,复述简短的故事。

⑥能跟别人讲述自己遇到的事。

(3)阅读能力

①能用一段话来描述一幅画的内容。

②能朗读简单的文学作品。

③阅读时普通话发音标准。

◆ 4~5岁宝宝的语言能力

(1)倾听能力

①会被别人的话吸引,能跟着别人的思路走。

②能耐心地倾听别人说话。

③能理解多重指令。

④能区分普通话和方言。

(2)表述能力

①能用语言表达自己的想法。

②能说普通话,发音清楚。

③能控制说话的声音。

④会热情地与别人打招呼,乐于说出自己的意见。

⑤能主动积极地与人交谈,不随便打断别人说话。

⑥能讲述观察到的现象,会有声有色地朗诵儿歌或复述故事。

⑦能用完整的句子较连贯地讲述自己看到或经历过的事。

⑧能大胆、清楚地用语言表达自己的意见。

(3)阅读能力

①能把说的话记载下来,再读出来。

②能按顺序翻看图片、图书。

③能独立、细致地看自己感兴趣的图书,会主动去认上面的文字。

④能仔细倾听大人讲述和朗读图书上的文字,理解书面语言。

⑤能画出简单的图形,有顺序地书写图案符号。

◆ 5~6岁宝宝的语言能力

(1)倾听能力

①能认真、有礼貌地倾听别人说话。

②能辨别不同的声调、语调。

③在集体中能专注、较长时间地听别人说话。

④能理解复杂的多重指令。

(2)表述能力

①能在不同场合用适度的音量和语调说话。

②会坚持说普通话,发音标准。

③能主动热情地招呼别人,有礼貌地招呼客人,常常主动与别人交谈。

④在集体活动中,能做到大声发言。

⑤能主动表达自己的意思,并开始懂得争辩。

⑥能根据不同情景以及对方的身份,使用适当的词、句,并控制声调和语调,做到自然大方。

⑦能连贯、清晰地讲述自己的意见或图片上的内容。

(3)阅读能力

①能正确使用口语和书面语。

②对文字感兴趣,并积极阅读。

③能观察到画面的细微变化,根据对画面的理解扩句或缩句。

○ 开发宝宝的听觉能力

宝宝一出生,就会用他的视觉、听觉、嗅觉以及触觉来认识这个世界。而说话能力,必须从宝宝的听力发育开始。

宝宝半岁的时候,别看他什么都不会说,可是什么都听在心里——听说能力不仅是宝宝开口说话的必需条件,也是宝宝注意力的表现。所以,妈妈应重视训练宝宝对声音的辨别能力。

宝宝半岁左右的时候,妈妈若推着宝宝出门散步,也不要忘记对宝宝进行语言熏陶。

方法:

(1)选取有暖暖太阳的天气,或者是夏天的清晨与傍晚,推着宝宝外出散步,看看外面的世界。

（2）"黄色的花,白色的花,绿色的草,花好香啊……"妈妈可以拉着宝宝的小手,让他去触摸一下花花草草,并对他说出一些关于花草的话,想说什么都可以,关键是语句要短小精悍,让宝宝听来很受用。

（3）"风儿呼呼吹,树叶被吹得沙沙响……"随着环境的变化,妈妈应对宝宝说出不同的话语。

（4）"小鸟喳喳叫,小鸟把歌唱,小猫喵喵叫,小猫爱洗脸,小狗爱撒娇……"户外总是会遇见动物,妈妈也要将它们一一讲给宝宝听。

（5）"大哥哥在干什么,他在踢球,小姐姐在干什么,她在跳绳……"宝宝对万事万物都有兴趣,妈妈为宝宝讲了植物动物之后,当然要接着讲人们。

（6）"嘟嘟嘟,汽车司机在按喇叭……"遇见什么,就说什么,这就是启蒙宝宝语言的简单做法。妈妈的任务就是:口齿清楚、自问自答、不断地跟宝宝说话,最好把"喳喳"、"喵喵"、"嘟嘟"等拟声词多对宝宝说几遍,鼓励他学着你的声音将它们复述出来。

（7）若有录音用具,妈妈可录下各种各样的声音,风声、鸟叫声、汽车声、小猫小狗的叫声、人们发出的欢呼声……过段时间放给宝宝听,在唤醒他记忆的同时,增强其对语音的记忆力。

说明:

这不仅是一个启蒙宝宝语言的过程,同时也是宝宝认识事物的过程。通过看、听,再到触摸、辨认,宝宝最终认识了事物。在宝宝说话能力渐渐萌芽的时期,妈妈通过这种教宝宝认识身边事物的方式来训练宝宝的语言可谓一举两得。

○ 教宝宝礼貌待人

宝宝逐渐长大，踏入社会、在社会中生存经历的第一步就是透过礼貌待人与他人建立起良好的关系。

宝宝开口说话的时候，其模仿能力会让妈妈大吃一惊。这时，妈妈可以让宝宝模仿你的话语，让他做到以恰当的称谓称呼人。

宝宝的一生，并不只需要与爸爸妈妈接触，随着成长，他必将与各种不同的人接触。所以，妈妈有必要为宝宝制造与别人接触的场所和机会，培养他接触人，并与人打招呼的习惯。

方法：

（1）早上，妈妈可以带着宝宝，将要上班的爸爸送到小区门口，然后拉起宝宝的手，挥一挥说"爸爸，路上小心"。当然，下午当爸爸回家时，也要教宝宝说"爸爸，你回来啦"，这时可以让宝宝亲亲爸爸的脸颊以表现亲密。

（2）妈妈带着宝宝走到路上，若遇见街坊邻居也应当鼓励他向人打招呼。

首先妈妈要向别人点头，说"您好"或"您早"，通过这种方式，让宝宝学着你的样子,向别人说点头问好。这个时候,妈妈还可以即兴地教宝宝说英语,如"Good morning"或"Good afternoon"等。

离开时,应该牵起宝宝的手对宝宝说:"来,我们来跟阿姨说拜拜,拜拜……"同时,将正确的英文"Good-bye"教给他。

(3)经常带宝宝到小区楼下或公园里,与小朋友们一起玩。宝宝们玩的时候,妈妈可以教他们说"谢谢"、"请"等礼貌用语。在学说这些礼貌用语的同时,也将英文说法一并记住——"Thank you"、"Please"。

说明:

学习语言是为了交流。让宝宝学习礼貌待人并不仅仅是要他记住最简单的语言,而是还带有交流的意义——透过礼貌地与人打招呼,这使宝宝能区分与人相遇和分离。由此,宝宝可以自由地建立和断绝与别人的关系——这是交流的最初形式。与人交往能给宝宝带来愉悦,这也是宝宝情感发展的开始。

·备忘录·

与不同人建立正确的社交关系,这是宝宝社交行为发展的第一步。在这个过程中,妈妈要赋予宝宝以下的良好习惯:

(1)尊重别人

无论是对爸爸、妈妈、爷爷、奶奶等亲属还是对叔叔、阿姨、老师或自己的小伙伴,都要尊重。养成问早问好的习惯。

平时生活中要使用礼貌语言,见面时说"您好",相处过程中要说"谢谢"、"请"、"对不起"等,离开时说再见。见大人不能直呼其名,应选用恰当的称谓。

（2）谦让互助

当与小朋友一起玩的时候，不能太任性。有好玩的玩具大家一起玩，学会谦让。

见到小朋友摔倒应主动去扶，并帮他拍掉灰尘；见到小朋友啼哭应该安慰他，替他擦眼泪——这并不是表面上的形式，而是要让宝宝发自内心地替别人着想。只有这样的宝宝才能真正快乐地生活在群体当中。

【二】宝宝的情绪教育

孩子的奶奶特别宠他,可谓"有求必应"。

有一次,他说:奶奶,我不舒服!奶奶担心地说:哪里不舒服啊?小家伙一本正经地回答:我尾巴疼!奶奶还继续问:你尾巴在哪儿呀……

我叫奶奶别理他,奶奶却说:不理他,待会儿他又要哭了!

以至于小家伙对"哭"这个字,似乎特别上心。

小家伙2岁了,上了托儿所。第一天回家,我问他:今天老师表扬你了吗?他骄傲地回答:表扬了!那表扬你什么了,能告诉妈妈吗?老师说:你怎么又哭了呀?

直到后来,小家伙将"开心"和"不开心"分清楚之后,才知道原来哭仅仅是一种情绪表现,而不是表扬。

同时,他还知道正确地要挟妈妈了:妈妈我不开心了,吃了开心果之后,才能开心!

○ 控制宝宝的消极情绪

控制情绪、妥善地管理自己的情绪,这是人的重要能力,也是维持良好人际关系的关键因素之一。而幼儿期是一个人情绪控制能力较差

的时期,这个时候的宝宝会常常为一点小事耿耿于怀。妈妈应当多留心,根据宝宝其情绪的类别,采取不同的方式加以疏导,并让宝宝逐渐懂得管理自己情绪的方法。

不同的情绪类型,有以下不同的处理方式:

◆ 乱发脾气

发脾气是不快乐的表现。

对于处于幼儿期的小宝宝来说,他发脾气很大的原因是受到了挫折——有时候是出于一种嫉妒。比如,当妈妈抱着其他小孩时,他会以为自己被遗忘了,于是就用发脾气来引起你的注意。还有些时候,当他做着他能力范围之外的事时,会产生一种急切心理,而事情又不朝他想像中发展,他也会发脾气。实际上,这只是一种发泄方式。

所以,孩子发脾气,都是冲着他们自己,而不冲着其他人。若要让宝宝的心情平复下来,妈妈要尽量发挥自己的同情心——千万不能对他不闻不问。你可以耐心地问他怎么了,或跟他一起来分析失败的原因。若真是因为一件事情的失败而闹脾气,妈妈最好能耐心地跟宝宝一起将之前没做好的事情再做一遍。做完之后,妈妈即可提醒宝宝,遇到困难的时候,如果能够保持耐性,多试几次,就会离成功越来越近,而发脾气只会把事情搞得一团糟。

但是,如果他经常在公共场合乱发脾气,妈妈应马上把他带到远离人群的地方,回到家之后,让他独自待着,告诉他你仍然爱他。但你害怕自己也会像他一样乱发脾气,所以大家都一个人冷静一下——不要限制他待在哪个房间,给他机会,让他走到你身边,向你道歉。

总的来说,宝宝发脾气是一种正常现象,原因是他还没有足够的判断力,意志也不够坚定,再加上语言表达不清——这就很容易导致他的情绪无处排解。随着孩子年龄的增长,他对外面广阔世界的认识和经历逐渐增多,这种乱发脾气的现象也会逐渐消失。

总之,妈妈的耐心是最好的良药。

小 提 醒

有的宝宝看起来很凶,这并不是与生俱来的,也许生活中曾经有人总是这样,他只是在模仿。所以,妈妈应该审视一下宝宝周围的环境,同时也审视一下自己,是不是对他过于严厉和苛求,或者会动手打他,这样的教育方式也是宝宝面露凶相的原因之一。

◆ 淘气

对于淘气的宝宝,要依据情况,采取不同的处理方式。

首先妈妈要理解他,因为小孩子心志都还不成熟,通常都没能力进行完全的自我控制;再加上他们都比较健忘,不仅会忘记规矩,同时也会忘记曾经挨过的惩罚。面对这种情况,妈妈应当不断地去告诫他、提醒他,不断地让他多次发现自己行为的不当。

也许有的妈妈会问:淘气的宝宝到什么时候才能够真正明白自己的不当行为呢? 我们要告诉你的则是:欲速则不达。作为妈妈,你始终不要体罚自己的宝宝。有时候,可以使用一些强硬措施,比如收回你对他奖励的诺言,并严肃告诉他你是认真并讲求原则的,让他切实地体会到自己的不当行为带来的损失。当他能够真正改正错误的时候,妈妈再恢复对他的诺言,这对他来说是一种正面的警示作用。

◆ 叛逆

一般来讲,叛逆的宝宝基本上已经发育成熟了,他们通常都是非常清楚别人的愿望和普遍的规矩, 但是他们不理不睬或明知故犯,并

且不会表现出歉意。

这样的宝宝,一般来说是吃软不吃硬的。

所以,若要扮演最明智的妈妈,你就不应该用尖刻的言辞刺激他,或者对他实施暴力。这只会让他跟你对着干,并且让他有得逞的快感,以后更变本加厉。

疏远宝宝的办法也是不适宜的。最好的办法是,妈妈向宝宝传达出一种无助感,同时,对宝宝表达出你对他的爱,让他明白,你真的不希望他那样,并设法让他解释他总是对抗你的原因,告诉他这是很危险的,他的行为真是让你伤心。最后,让他知道,无论遇到什么事情,他都可以去寻求妈妈的帮助和安慰,不需要采取对抗妈妈、刺激妈妈的方式。

◆ 好斗

很多宝宝都会经历一段好斗期,有时候表现在言语的冲撞上,有时候会表现为攻击行为。儿童心理学家认为,对于孩子的这种挑衅行为,完全怪罪于他有失公正。

对于小孩子来讲,对竞争对手产生敌对感是非常正常的事情——这是很多成年人都可能有的心理暗示,而宝宝只是将这种行为付诸行动了而已,他还无法理智地主宰自己的行为。所以,妈妈不要只顾着责怪他,而应当跟他就事论事地分析。在以后的日子里,最好是多留意他的行为,一旦发现他有挑衅的征兆,就要提醒他,告诉他冲突是正常的,而能避免冲突才是一个人的可贵之处——以暴制暴的方式只会让他更倾向于暴力。

若宝宝出现了明显的暴力行为,妈妈要态度坚决地告诉他你不能容忍这种行为,如果他继续鲁莽不自制,妈妈将拒绝他的任何要求。但如果他有所改变,他将会得到奖励,能努力控制自己的宝宝才是值得称赞的。

总而言之,面对宝宝的各种情绪,妈妈绝不能以漠不关心的态度对待他,宝宝需要你的认同(即使他采取的就是这种消极的方式),即

"全盘接受",也就是容忍。认同给人的第一感觉就是尊重对方,宝宝的自尊心只有得到了保护,才能产生安全感,也才能够打开原先闭着的心扉,以从容的心态接受你跟他的交谈,离被说服到改过也就不远了。

教育宝宝是一门艺术,夸赞宝宝是一门艺术,惩罚宝宝也是一门艺术!妈妈在教育宝宝不要意气用事的时候,首先提醒自己不要冲动、意气用事,才能以一颗平和的心去改变宝宝。

 小提醒

如果你的努力无法奏效,宝宝仍旧会以暴力对待他人,那么你需要马上寻求儿童心理医生的帮助。在医生的指导下,采取一些新的措施,并及时给他治疗。

○ **教宝宝调整情绪**

有的小孩爱哭,有的小孩爱笑——这两种外在行为表现,反映的却是内心的实质问题。爱哭的宝宝一般心胸不够宽广,容易闹情绪,而这种性格特点会导致他不爱交往、不合群;而爱笑的宝宝,则相反,由于性情好,所以大家都喜欢他,长大了别人也容易接近。

儿童心理学家认为,爱笑和爱哭与环境有直接的关系。这种环境主要是指家庭内的精神环境,也就是,宝宝的父母是不是乐观的人?家庭成员之间有没有愉快的氛围?亲子关系是否融洽?家庭活动是否丰富、愉快?一般而言,家庭精神环境好的宝宝性格会比较乐观。

宝宝需要妈妈来对他的情绪进行积极的引导：

◆ 认识情绪

方法：

（1）爸爸与宝宝面对面坐着，妈妈坐在一旁。

（2）爸爸表现出高兴的样子，眼睛弯起来，嘴巴咧开来。妈妈解说：眼睛弯弯、嘴巴也弯弯，这是什么意思？示意宝宝来模仿爸爸的动作，并回答你的问题。

（3）爸爸嘴唇紧闭，眼睛斜向一边。妈妈问宝宝：好可怕，爸爸怎么了？示意宝宝模仿爸爸的表情，然后让他知道这种表情会给人不舒服的感觉，如果一个人总是以这种表情对人，弄得别人不舒服，别人就不会乐意跟这种人接触。

（4）爸爸嘴巴不动，眼睛向上看的动作。妈妈小声地问宝宝：爸爸在想什么呢？让宝宝也做这种动作，然后妈妈将食指放在嘴唇边做出"嘘"的动作，示意宝宝若遇到这种情况，最好保持安静。

（5）当宝宝熟悉这个游戏之后，妈妈可以让宝宝来做表情，爸爸和妈妈来解说和模仿。

说明：

此游戏可以帮助宝宝认识人的面部表情，从表情判断情绪以及人的内心活动，并懂得"见表情行事"。

◆ 读卡片编故事

道具：

各种表情提示卡片，包括开心、悲伤、寂寞、兴奋、生气、骄傲等。

方法：

（1）妈妈让宝宝约上他的小伙伴，一起去一个环境清幽的地方。

（2）待宝宝们玩够了，休息的时候，妈妈建议宝宝们围坐在一起，然后将卡片反扣在他们中间，让每个宝宝抽出一张卡片。抽完之后，不要让别人看到卡片的内容。

（3）宝宝们集体玩剪刀石头布，最后谁输了，谁就最先做出他抽到的卡片上的表情（不能说话，只能由表情和手的动作展现）。比如，抽到悲伤的表情，宝宝必须做出悲伤的样子，然后，让其他宝宝猜他的卡片提示的内容，当大家猜到了是悲伤时，则说明宝宝表演成功。

（4）表演成功的宝宝要根据"悲伤"这个题目，讲述自己或者身边发生的一件悲伤的事。让所有的宝宝对"悲伤"这种情绪有更深刻的认识。

（5）认识"悲伤"之后，让大家来设想治愈悲伤的办法，妈妈要求扮演"悲伤"的宝宝将治疗悲伤的办法全部记到卡片上（若宝宝扮演的是"高兴"之类的积极情绪，妈妈可建议宝宝们设想获取"高兴"的办法，并让扮演"高兴"的宝宝记录下来）。

（6）所有的宝宝表演、讲述、讨论记录完毕之后，妈妈要分别对他们的表演、讲述和记录加以评分（也可以让宝宝自己来评）。得高分的宝宝可以得到一个奖品（奖品由妈妈自由设置）。

说明：

此游戏不仅巩固了宝宝对情绪的认识，还让他们了解了什么是积极情绪，什么是消极情绪。同时还明白了积极情绪是可以想办法获取的，消极情绪是可以想办法克服的。这就必须掌握控制情感的方法，懂得调节自己的情绪。

【三】让宝宝大方得体

小家伙似乎生来就不怕生。2岁的时候，其能说会道、敢说敢言的潜能就已经显露出来了。

那日，他小叔带一个朋友来我家玩，小家伙第一次看到别人抽烟。他目不转睛地看着那个陌生的叔叔嘴上叼着燃火的"小条"，嘴里还能喷烟雾，半晌，他大叫起来："妈妈，有张嘴着火了！"惹得在座的人大笑。

后来，小家伙长到4岁的时候，还凭着他那张嘴和一副不怕生的神气，帮他爸爸解了围。

那时，我们家遇到了一件麻烦事儿，得托他爸爸的领导帮个忙。我跟他爸爸说，无论如何，得先把领导请出来。可他爸爸是个不求人的人。当他被我硬拉着，按响了领导的门铃时，竟然语塞了！

领导正欲开口，突然，小家伙就蹿到了他跟前。领导看到我胖乎乎的儿子，忽然来了兴致，问他："胖小子，你多重啊？"儿子说："伯伯，你抱抱就知道了呀！但是，你抱了我就要帮我爸爸一个忙哦……"

○ 让宝宝学会适应社会

很多妈妈最关心的似乎是宝宝的智力发育,这是一种令人担忧的倾向。事实上,智力过人的宝宝若不能适应社会,便无法跟他周围的人和事有良好的关系,其智力也无法得以真正、完全的施展。

要培养适应社会的宝宝,需要训练宝宝正确地处理以下三种关系:

◆ "我"与物的关系

作为一个社会的人,若想要建立良好的人际关系,则不能忽视自己同周围事物的关系。妈妈应当让宝宝体会到,世上的万事万物都有其存在的道理。所以,应当鼓励宝宝从身边的生活环境出发,积极地去感受、发现并体验万物的存在和变化,使他们逐步认识到万事万物的变化都与自己的生活息息相关。而建立这种意识的方式便是,鼓励宝宝接触自然,从而爱上自然;爱护环境,建立环保意识,保护地球;善待身边的一切事物,包括玩具、日用品等等。

◆ "我"与人的关系

人与人之间的关系是相互依存不可分割的——妈妈要让宝宝学着自己处理一些简单的人际问题。

让宝宝懂得:接受别人的爱重要,而珍惜别人的爱、并反馈自己的爱给别人,也同样重要。懂得珍惜爱,需要让宝宝体验到爱的美好,知道别人付出爱需要辛劳,让他产生感激之情;给予爱,就是要教会宝宝懂得体谅他人、关心他人,并积极大方地以言语和行为传达自己对别人的爱。

创造条件并鼓励宝宝与其他的孩子交往并友好相处。同伴群体交往能丰富宝宝的交往经验。当宝宝习惯于注意他人的情感变化,并能

了解别人情感变化的原因之后,他就懂得了关心人,乃至于懂得与他人分享快乐和分担痛苦。

让宝宝掌握与特殊人群相处的技巧。妈妈可以经常带宝宝参加一些公益活动或福利活动,让宝宝切身地体会老年人、残疾人以及其他特殊人群的生活。鼓励宝宝以换位思考的方式关心他人的生活,让他从小就具有平等的观念和人道主义的精神。

◆ "我"与"我"的关系

不能正确认识自我的人,往往就是不公正且缺乏原则的一类人——这不符合现代社会的人的要求。有成就的人都是先有正确的自我认识,再进行正确的自我设计,最终实现自我的。要让宝宝懂得处理"我"与"我"的关系,妈妈可从以下几方面对宝宝进行引导:

(1)认识自我。妈妈应尊重宝宝、相信宝宝,给他自主抉择的自由。抉择之后的结果也由宝宝自己承担。在分析、总结结果的时候,妈妈可以参与进去,让宝宝更清晰地认识自我。

(2)自我设计。每个宝宝都会有一个小小的愿望,他们会说:我将来要当……这时,妈妈应当询问他,为什么会有这样的想法和打算。通过一系列的设问与回答,让宝宝将远大理想与实际生活结合起来,为理想设计一张操作蓝图,一步步地趋近于理想。

(3)实现自我。理想的操作蓝图设计好之后,需要宝宝调动自己的积极性,真正投入到有挑战性的活动中去,挖掘自己的潜能。

·备忘录·

人的气质类型能影响其人际智能的发展,而气质类型又跟血型有着莫大的关联。所以,在对宝宝人际交往智能开发的时候,若能针对宝宝的血型因材施教,往往能起到事

半功倍的作用。

O 型宝宝——教他懂得商量

四种血型的宝宝中,O 型宝宝最擅社交。

O 型宝宝最突出的优势是身体素质好, 意志也较为坚强,比较容易融入新环境,并且头脑相对冷静,不易感情用事,能把事情处理得井井有条。

但其缺憾就是,有时候言行显得过于标新立异,独创性太胜则容易遭来嫉妒。所以,妈妈应提醒他平时注意多与身边的人沟通。

A 型宝宝——鼓励他独立

A 型宝宝慎重、细心、规矩,并且直觉灵敏,善于自我调整。但他们通常比较胆怯,喜欢独处,会表现出不愿意和陌生人交往的想法。他们需要通过不断的磨炼,才能适应环境。

所以,在家里,妈妈应多给他们独立完成某些事情的机会,不要过多干涉。平时,还应多为他创造一些社交环境,带着他参加各种聚会活动等。比如,他跟一个小伙伴约好了一块玩儿,而另一个小伙伴又来找他,妈妈不妨给他一个提议:大家一块儿玩吧,这不是更好吗? 当宝宝从妈妈身上学到这些经验之后,再遇到类似问题,就不会束手无策了。

B 型宝宝——鼓励他广交朋友

B 型宝宝的优点在于:乐观开朗、思维活跃。但这些性格一般只能在熟悉的环境和朋友中才能显示出来,所以,这也构成了 B 型宝宝的性格缺点——他们会表现得不愿意参加集体活动,对于陌生人,总是有种距离感,让他觉得不好相处。

所以,作为 B 型孩子的父母,自己首先就要多与外界交往,并以家庭为中心,逐渐扩展宝宝的交往范围,让他广泛地接触各种各样的人。比如让他和小朋友一起去上幼儿园,一起玩游戏,一起回家。逐步培养他积极主动参与团体活动的

愿望,提高他的人际交往能力。

AB 型宝宝——鼓励他理性

AB 型宝宝聪明、反应灵敏,求知欲望、独创精神强,并且很自信,所有他感兴趣的东西,他都要追根究底地去观摩去尝试,具有持之以恒的决心。但是,当他进入陌生的环境中时,有时候会表现出紧张不安,但这并不能影响他的自信心,他只是有一些情绪化。

所以,对于 AB 型宝宝,妈妈不必担心他能否适应社会,最重要的是不要过分地为他着想,宠爱他、袒护他,这容易使他失去自控能力。平时,妈妈应提醒他管好自己的情绪,多设身处地地考虑别人的情绪状态。比如可以让他学着主动帮助别人,当他的亲人朋友生病之后,他应当做什么,甚至可以多让他经历一些困难和失败。这对 AB 型的宝宝来说,是一笔宝贵的人生财富。

○ 让宝宝学会与人分享

现代生活中,有太多不懂得分享的宝宝——当然,社会及家庭是其根本原因。现在的宝宝,很多都是独生子女,自然就被家人捧着护着,拥有一件东西,就意味着独享那件东西。妈妈稍一疏忽,宝宝就有可能变成一个独占欲相当强的人,凡事都以自我为中心,也就难以与人友好相处,人际关系自然不会明朗。

分享并不是简单的行为,分享中凝聚着难能可贵的美德,诸如平等、博爱。

而分享作为一种美德,自然就不会像语言、算术那样可以很直观地传授给宝宝,它需要宝宝在实际体验中获取。即便只是一个苹果、一个梨,妈妈也要发挥其点滴穿石的力量。

这里,妈妈可以参考我们的方式,为宝宝制造分享的机会!

准备：

干粮、水果、烧烤用具及烧烤食物；小鱼网、小桶。

方法：

（1）选择一个景色优美，有河流可以捕鱼的野外。约上宝宝的伙伴一起上路。

（2）到达目的地后，先以干粮充饥。按人数，将干粮分为均等的份数。一人只能领一份。以此鼓励宝宝们互相分享自己的食物。若是宝宝不愿意别的宝宝吃他的食物，那么也不让他吃别人的。

（3）吃到半饱，爸爸就可以带着宝宝们捕鱼了。叮嘱宝宝记住自己捕的鱼，谁捕得多有奖品拿。

（4）捕鱼活动结束之后，由爸爸来搭烧烤架子，妈妈和宝宝一起将供烧烤的食物穿在铁丝上。穿好之后，妈妈将食物按种类分好，以剪刀石头布的形式来定输赢，谁赢了谁先选食物。

（5）妈妈就自己领到的食物发表一番感叹：我们都只领到了一种东西，这可怎么办呢？让宝宝也产生这种困惑。然后妈妈可以对宝宝说：把你分到的蘑菇分给大家一些好吗？启发宝宝体会分享的价值，最终将食物分得恰当合理。

说明：

这是一个加速宝宝社会化进程的游戏，懂得分享的宝宝胸怀会变得宽广起来，其情感发展也会逐步走向成熟。

这里要提醒妈妈的是：

◆出游的前一晚，一定要保证足够的睡眠，这样，第二天才会有充沛的精力游玩。

◆游玩的过程中，要注意劳逸结合。走累了就适当休息，补水，吃水果、干粮，以补充能量。

亲子假日

·备忘录·

要让宝宝学会与人分享，重要的是要让他从内心理解分享的意义。

孩子都有其理解力——只是他们理解事物的方式与大人有所不同。需要注意的是，有时候，大人在不经意间，就会磨灭宝宝的与人分享之心，甚至是让宝宝曲解了分享的意义，在教宝宝"分享"的同时，缔造的却是"反分享"的环境。

◆ 与谁分享

宝宝都是有其个人好恶的，他的分享行为会首先选择自己喜欢亲近的人，这很正常。而我们要提醒妈妈的是，你千万不能强化这种行为。比如当宝宝把东西分给一个不会分东西给他吃的人时，你不要跟他说：他都不分给你。也许你可以建议那个宝宝也分东西给你的宝宝吃，若经过努力都遭到拒绝，那么你也应该让你的宝宝明白：分享并不是为了求回报，分享只是为了让别人和我一样快乐，而不是用我的来换你的。

所以，当宝宝开始关心一些有缺陷的人，懂得与他们分享时，妈妈应该表扬他，切不可功利地让宝宝只跟能作出回报的人分享。

◆ 宝宝在家里的地位

有的家庭虽然口头上说着"分享"，但凡事还是以宝宝为中心。在吃、穿、用上都给宝宝优先选择权——好吃的总是让宝宝先吃,有时候,甚至是父母不吃,只让宝宝一人吃;好的东西总让宝宝占据着,宝宝情绪稍有异样,父母就妥协,满足他的愿望……这无疑是抹杀"分享"的实际意义。

若要让宝宝真正切实地理解"分享",那么就不应当太过宠爱宝宝。

◆ 爸爸妈妈是否以身作则

分享不是空头支票,父母也应该参与进来。在有的家庭里,爸爸(或妈妈)就是个独断专行的人——若是这样的父母来为宝宝传授"分享"的要义,丝毫没有说服力。

缔造一个"分享之家"其实并不困难,关键是父母要记住一点:身教重于言传——成为宝宝的榜样,才能带动宝宝接受分享。

○ 让宝宝懂得展示自己

一个社会交往能力强的人,一般都能做到大方地在人前展示自己。而有的宝宝,在陌生人面前,会表现得相当腼腆。面对这种情况,妈妈应当多给宝宝安慰和鼓励,千万不要表现得又急又气,否则只会增加宝宝的压力,让他变得更拘谨。

这里,为妈妈提供几个训练宝宝胆量的游戏,妈妈以逗趣的方式让宝宝配合着游戏,相信宝宝会逐步放开胸怀,融入人群,并能在人群中游刃有余地展现自己的长处。

◆ 自我介绍

(1)一家三口一起到公园的湖边,相信那里一定会有不少的小朋友。首先,妈妈来做一番介绍演示(妈妈扮做一只小青蛙):我是一只小

青蛙,大眼睛,白肚皮,眼睛鼓,肚子鼓,整天爱唱呱呱呱。

（2）换爸爸做介绍。(介绍中应包括年龄、相貌、身形以及爱好等内容)

（3）爸爸介绍完之后,妈妈可将宝宝带到湖边,看着自己的倒影,由妈妈先介绍,然后让宝宝依照你的介绍内容进行自我介绍。其间,妈妈可以指着湖内的倒影为宝宝做提示:宝宝的头发是长是短? 宝宝的衣服是什么颜色? 让宝宝懂得介绍的基本顺序、介绍所应涉及的内容以及掌握描述物体基本特征的方法。

（4）鼓励周围的宝宝参与到你们的活动当中,这时候,妈妈就可以跟宝宝说:刚才我们都介绍过了,可是新加入的小朋友还不知道我们是如何介绍的,你来给他们示范一下行吗? 以此鼓励宝宝再向大家做一次自我介绍。

（5）宝宝介绍完之后,让其他新宝宝依次做介绍,最后鼓励他们在一起玩。

说明:

这种自然而然步步深入的游戏方式能够让宝宝忘记窘迫,轻松地参与到集体活动中去,同时也训练了宝宝的语言能力。

◆ 小导游

（1）宝宝们完成了自我介绍,相互认识之后,妈妈可以扮演导游,把周围的环境当做一个全新的景点,对这个"景点"做一番介绍。

（2）如果妈妈觉得有必要,可以先为他们做示范。先从总体来介绍,介绍的内容包括:公园有多大,分了多少区,湖在什么地方,游乐园在什么地方等等。

（3）妈妈介绍完之后,将公园里的区域分配给不同的宝宝,让宝宝们边走边介绍。走到一个区域,负责那个区域的宝宝就要将那个区域介绍一番——这是每个宝宝都应该完成的任务。每介绍完一处景物,妈妈和其他宝宝要报以掌声,以示鼓励。

说明:

此游戏既训练了宝宝的胆量,还培养了宝宝语言的逻辑性以及认识和辨别事物的能力。

·备忘录·

有些宝宝会出现一定程度的社交敏感。

其具体表现为:当宝宝处于一种新环境或面对陌生人

时,会出现持续或反复的恐惧、焦虑,甚至是回避行为——脸红、口齿不清、身体动作僵硬以及分泌大量唾液等。

事实上,这并不是天生的。宝宝的社交敏感与家庭环境有不可分割的关系。那么,要杜绝宝宝的社交敏感,妈妈应该给宝宝提供一种怎样的环境呢?

◆ 杜绝不良精神刺激

害羞和胆怯是由于缺乏安全感引起的。如果宝宝经常受到惊吓,或经常被大人打骂,这就会对他构成不良的精神刺激,这种刺激会严重阻碍宝宝的正常社交行为,破坏宝宝的适应能力,使宝宝敏感、自卑。而就是这种性格特点,宝宝在与人相处的过程中就容易受挫——要杜绝这种恶性循环,就需要妈妈为宝宝打造良好家庭及社会交往氛围,多给宝宝一些正面评价,让他重新恢复自信、乐观,才能真正克服社交敏感。

◆ 鼓励宝宝自然交往

敏感和害羞的人会比较排斥新事物、新人,不喜欢集体活动。妈妈需鼓励宝宝从心理上战胜自我,以坦然的态度面对新人、新事,做到自然、不做作。

当然,这也是需要一个过程的,妈妈可以有意为宝宝安排一些他可能遇到困难的场合,先让宝宝在一个熟悉的环境中去认识陌生人,然后逐渐扩展,多认识陌生人。在这个过程中,不要批评他,也不要强迫,而是要鼓励他,直到能够做到诚恳自然地融入陌生环境。

◆ 鼓励宝宝自己解决社交困难

妈妈平时应多跟宝宝分享他的社交经历,同时,把自己的社交生活讲给宝宝听,告诉宝宝自己是如何战胜社交困难的。当宝宝也遇到困难时,要鼓励他自己解决问题。

总而言之,于宝宝而言,社交敏感并不是心理不健康,也不代表他发育迟缓。关键在于要缓解宝宝的焦虑——时间和耐心可以让胆小的宝宝发生很大改变。

【四】帮宝宝建立友谊

　　小家伙最初是个争强好胜的孩子,喜欢当第一,即使当第一的是小猪小狗,他仍然当得不亦乐乎。

　　一个周末,外婆带他表哥来家里玩。中午吃饭的时候,这两个孩子开始比着谁吃得多谁吃得快。外婆怕他俩噎着了,就说:谁吃得又多又快谁就是小猪!

　　小家伙可不管,三下五除二地吃完了,举起手做胜利姿势:我先吃完,我是小猪! 你不是小猪!

　　后来在我的教育之下,小家伙懂得了谦让之礼,颇有一种谦谦君子的风范。他知道有了好东西独自一个人享受是不对的,要分给别人,大家一起感受美好,这才是最幸福的。

　　那天,我给他买了一双白色气垫鞋,又遇上他表哥来家里玩, 他对表哥说:看我的气垫鞋,漂亮吧? 表哥说:真漂亮啊,我也想要!

　　小家伙想了想,递上一只鞋给表哥:那我送你一只!

○ 让宝宝学会与人合作

合作能力是一个人社会化进程的重要一步。而对于小孩子来讲，如果他未曾学会合作之道，他的生活必将是孤僻的，由此，可能产生深深的自卑情绪，甚至是影响他一生的发展。因此，让宝宝拥有合作的能力，对他来讲是非常重要的。

那么，妈妈可以通过什么方式让宝宝具备这种合作能力呢？

◆ 提高宝宝的合作意识，激发宝宝的合作愿望

妈妈要保证宝宝生活的丰富多彩，平时应多利用节假日带宝宝走入人群，不要将他一个人留在家里。即便是带他逛菜市场、超市、小吃店等地方，都可以让他见识到互相协调的工作环境。相信在耳濡目染之下，宝宝会具备初步的合作意识的。

除了让宝宝自己感受之外，妈妈还应以言语刺激的方式唤醒宝宝的合作意识。比如当宝宝一个人玩玩具的时候，妈妈可以对他说：小汽车需要加油了，你必须去找可以为它加油的人，要不它就跑不动啦！然后，你就可以跟他设计一套合作游戏，让某某小朋友扮演为汽车加油的人。以此激发宝宝渴望与同伴合作的愿望，促使他主动与同伴交往。

◆ 教宝宝与同伴友好合作，学会为别人着想

宝宝在玩合作游戏之前，妈妈应当提醒他，在游戏的时候，要对合作伙伴有礼貌，用最亲切的名字称呼他们。

要友好相处，相互谦让——玩具、图书都是大家的。如果某一个玩具大家都想玩，也不应争抢，可以让别人先玩一会儿，然后自己再玩一会儿，学着轮流玩。当然，最聪明的小朋友会想个办法，让大家一起玩。总之，要让宝宝多站在别人的角度想问题，明白"没有同伴一起玩，任何游戏都会变得无趣"的道理。

◆ 鼓励宝宝积极参加集体游戏

集体游戏是培养宝宝合作能力的最有效的活动。

游戏都是有一定规则的,同时,还必须在一定的规则下相互配合,才能达成游戏的最终目的。所以,让宝宝参加集体游戏,宝宝会逐步摆脱自我,开始懂得站在一个全局的角度考虑问题,并变换自己的行为。比如让宝宝跟伙伴们玩过家家的游戏,他们之间要分配角色,某个宝宝当爸爸,某个宝宝做妈妈,游戏中,爸爸尽到爸爸的职责,妈妈履行妈妈的义务,谁"越权",谁就破坏了这个游戏。

通过集体游戏,宝宝会知道,有时候必须舍弃自己的意愿才能让游戏顺利进行下去,在玩的过程中,宝宝的合作能力得到了增强。

◆ 教宝宝学着解决合作中出现的小纠纷

宝宝与同伴活动时,很可能出现意见不统一以及不愉快,妈妈应当让宝宝把这种意见不合看做是促使宝宝们想办法的机会,大家可以相互商量使用什么方法解决问题。比如采取猜拳、轮流等方法来协调关系。总之,大家得先确定一个共同目标,在这个目标之下,采取商量的办法让活动顺利进行。

总而言之,宝宝的圈子并不只是家里那个小环境,而是要逐步扩展到社会这个大环境当中去,只有让宝宝逐步适应外界环境,学会与同伴交往合作,他才能健康、活泼地成长。

○ 宝宝户外合作游戏

很多合作游戏都需要在户外进行,这里为妈妈提供几个作为参考。

◆ 三口游戏

工具:

竹竿、绑带、网球拍、大皮球、小皮球(每种工具的数量都应在两个以上)。

方法:

选取一个宽阔的场地,家庭为单位,开展竞赛活动。

(1)将家长和宝宝的同一侧脚绑在竹竿上,一并行走到指定的地点然后返回——哪一组先返回则获胜。

(2)爸爸站在终点线上,妈妈和宝宝在起点处各持一球拍赶球——妈妈赶大球,宝宝赶小球。妈妈和宝宝必须同时到达终点,到达终点这一刻,爸爸接过妈妈和宝宝的球拍,两手各持一拍,将两个球同时赶回起点。哪个家庭最先到达起点,算获胜。

说明:

此游戏训练了宝宝的合作能力,并增强了其集体荣誉感。

◆ 过独木桥

工具:

两只结实的小凳子,一块结实的木板,一只秒表。

方法:

(1)妈妈利用工具搭一座独木桥。

(2)让宝宝邀请小伙伴一起玩游戏。两人一组,将宝宝分成几组。

(3)由妈妈喊"开始",并计时。同组的宝宝开始从"独木桥"的两端往中间走,两个宝宝经过相遇,并相互错开,直至都走到了"独木桥"的另一端,任务则完成(若中途有宝宝掉下了独木桥,则宣告失败)。妈妈按下秒表,记下花去的时间。

(4)换另一组宝宝继续过桥。最后谁成功地完成了任务,花去的时间最短,则获胜,并可得到一个奖品。

说明：

游戏时，宝宝必须依据实际情况想办法，以成功地完成任务。这训练了宝宝独立处理事物的能力。在想办法的过程中，他们必须协商，先让其中一方做出让步，这样双方才能更快地通过。由此，宝宝懂得了分享和互惠行为的意义，如果都自私自利一意孤行，那么，只会造成两败俱伤。

小提醒

（1）独木桥一定要搭得牢固，否则可能引起意外。

（2）游戏中，不能用手推对方。

○ 建立对别人的信任

要让宝宝建立起对别人的信任感，并让宝宝成为一个值得信任的人，妈妈应当让宝宝懂得——

首先，让宝宝掌握易于被大家接受的交往方式。妈妈应当鼓励宝宝参与到别的宝宝的团队中，以礼貌的语气对他们说："让我跟你们玩，好不好？"妈妈还应鼓励宝宝邀请别的宝宝跟自己一起玩，同样是以礼貌的口吻，"我们一起做游戏，好吗？"礼貌是与人接近并开始交往的首要方法——大家都喜欢有礼貌的孩子。

其次，让宝宝懂得侵犯别人利益是可耻的行为。这种利益的范围很广，包括物质利益和精神利益。对于宝宝来讲，妈妈首先要教他，不可乱拿别人的东西——想用别人的东西，或想玩别人的玩具时，应当征得别人同意。除此之外，平时在家里，妈妈也应建立孩子与家长的平等关系，相互尊重，家长不过分干涉宝宝的生活自由，让他习惯于尊重

别人,同时也被人尊重。

最后,妈妈经常赞美宝宝,也教宝宝经常赞美别人。事实正是如此——宝宝如能对别人说出"你真棒啊"、"真美丽"等赞美的话时,就已经赢得了别人的好感。

要让宝宝懂得赞美人,那么首先让他体会到被赞美的美好。妈妈应当时不时地赞美自己的宝宝,无论他的进步是多么微不足道,但千万不要吝惜自己的夸奖。只有经常被夸奖、感受到别人欣赏的宝宝才能更好地欣赏别人,并赞美别人。

妈妈可以通过以下游戏,建立起宝宝对人的信任感:

◆ 引路

工具:

宝宝的玩具、秒表、蒙眼布。

方法:

(1)将宝宝带到经常有其他小朋友出现的地方,邀请小朋友们一起玩游戏。两人一组,将宝宝分成几组。

(2)首先由第一组的宝宝开始执行"任务"。第一组开始之前,先用蒙眼布蒙上其中一个宝宝的眼睛,由另一个宝宝看着第二组的宝宝将玩具放在周围较远处的位置。

(3)玩具放好之后,第一组的宝宝开始从起点出发,未被蒙眼的宝宝搀扶着蒙眼的宝宝去寻找玩具。在搀扶者的提示下,蒙眼者应亲手将玩具捡起来——蒙眼者打开蒙眼布或未蒙眼者用手触碰了玩具,都算犯规。

(4)第一组的宝宝找到所有的玩具之后,方可返回起点,这一刻,妈妈才能停止记时。

(5)第二组开始执行任务时,由第三组的成员放置玩具,依次类推——由第一组为最后一组放置玩具。谁找玩具的时间越短,谁就得胜,妈妈应给他们奖品。

（6）第一轮完毕之后，每组的宝宝还可以交换角色，再玩一轮。

（7）第二轮游戏结束之后，妈妈还可以重新为宝宝分组，尽量让一个小朋友同其他每个小朋友都有合作的机会。

（8）游戏完毕之后，妈妈应组织宝宝们来一次讨论。让他们各自发言，总结"信任别人"的重要性。

说明：

这是一种比较古老的相互之间建立信任的游戏，至今还被用在很多公司成员之间的信赖关系培训当中。当宝宝把眼睛蒙上，由别人领着他走动时，最初，他会不习惯。但在躲开障碍物、拾起玩具之后，蒙眼宝宝对搀扶者的信任就会增强，他会越来越依赖搀扶者对他的指导，并开始觉得有趣。而真正的乐趣在于交换角色之后第二轮游戏。因此，这个游戏一般不会让宝宝产生厌倦情绪。通过游戏，宝宝之间的互相信任感和依赖感初步建立起来。

◆ 纸条上的秘密

工具：

纸条、笔、帽子。

方法：

（1）邀请另外一些宝宝参加游戏。

（2）让每个宝宝在各自的纸条上写下自己的一个小秘密，然后将纸条叠起来，并在外边写上自己的名字，放入帽子内（帽子由妈妈保管，妈妈应向宝宝讲明，你一定会保护好纸条，不经纸条主人的允许，绝不会让任何人打开它）。

（3）宝宝们开始猜拳，猜拳赢了的宝宝可以先从帽子里挑走一张纸条（不能挑自己的）。

（4）挑好纸条的这个宝宝不能打开纸条，只能拿着纸条，围着所有的宝宝们绕一圈，然后对大家讲一件过去信任别人，而别人又将其透露出去的事。

（5）讲完被别人泄密的事情之后，这个宝宝还要再绕着大家走一

圈，讲出一件自己未能为别人保守秘密的事——每讲一件事加一分，当然，也可以要求弃权。

（6）剩下的宝宝再猜拳，赢了的宝宝重复第一个宝宝的行为。

（7）最后，每个宝宝手中都握着别人的一张纸条。这时，由第一个宝宝开始，念纸条上的名字，问纸条的主人是否允许你将里面的秘密告诉其他宝宝。如果纸条的主人回答"不"，这个宝宝便要把纸条还给对方；如果回答"可以"，就打开纸条，将里面的内容读出来。

（8）接下来的宝宝依旧，在纸条主人的指示下，或退还纸条或宣读纸条——其中，允许别人宣读纸条的宝宝得一分。

说明：

这是一个非常吸引人的游戏，因为每个人都是有好奇心的。游戏到最后，宝宝们会非常向往分享纸条主人的秘密。通过此游戏，能将宝宝之间的信任感建立起来，并培养其诚实、坦率的品格。

独立意识不仅是一个人良好的个性特征，还是人们发挥智慧和创造力的重要素质，所以，将宝宝训练成一个具备独立意识的人，这是他走进社会并适应社会的必经环节。

颇值得一提的是，现在有很多孩子的家长都太溺爱自己的孩子。有的宝宝都已经到了上小学的年龄，还要让妈妈来喂饭、穿衣；上了小学之后，连自己的书包都不懂得整理，也从没想过自己洗衣服，甚至不会剥鸡蛋……这实际是源于家长对孩子学习的重视、对孩子自立能力的忽视。

妈妈也许会说：这是为了让孩子有更多的时间做正经事啊！然而，任何依赖都会滋生懒惰，生活上的松懈一定会导致学习上的松懈，导致思维的松懈。

一个人只有达成了完全的独立——既能打理自己的学习、事业又懂得打理自己的生活，他才能完全地掌握自己的行为，才能经受住惊涛骇浪。那么，独立意识的培养就从现在开始吧！

◆独立生活能力培养

◆让宝宝意志坚强

◆宝宝需要适当的冒险

【一】独立生活能力培养

　　我身边有一些让人忧心的情景：楼上一位大姐的儿子，在外地读大学，据说是一位高才生，可他每个月都寄衣服回家让妈妈洗；楼下的初中生小妹妹，每天早晚都由爷爷负责帮她背书包……特别是我儿子的小伙伴，3岁多了居然不会自己洗手。

　　那天，小家伙请他到我们家做客。我对他俩说：要吃饭了，自己洗手去，记得打香皂哦！半晌，洗手间里传来哈哈的笑声，我跑去看，原来那个小朋友真的在"打"香皂——用手"啪啪"地打。我问他：在家里妈妈没有教过你打香皂吗？他说：妈妈每次都帮我洗手的！

　　我想，无论如何，我是不会包办小家伙的生活的，这只会让他什么也不会。

　　后来有一次，我还是帮了儿子的忙——帮他打死蚊帐里的蚊子。

　　小家伙生气了，我说，好吧，下次让你来打！

　　他说，我才不打呢，我要爱护小动物，蚊子吸你一点血，你就要把它打死吗？

　　他爸爸由衷地说，这小子，说话还真有见地呢……

○ 早培养宝宝的独立性格

独立自主的性格是健康人格的表现之一，它对孩子的生活、学习以及长大后的事业、家庭都有非常重要的影响力。

当宝宝还小的时候，有的妈妈会觉得，宝宝这么小，能自己独立做的事情太少，所以，等他长到一定的年龄，懂事了，再开始对他进行独立性培养。其实，这种观念不甚妥当。即使是你的宝宝还不能脱离任何帮助、独立地去做事，但其独立性的性格和意识，也应该是越早培养越好。

孩子的独立性格，其实不仅仅是指他能独立地完成某项操作，最重要的是指他能在思考和想像活动中，较显著地不依赖、不追随别人——至于之后的操作行动，已经成为后话。所以，就从现在开始把！

◆ 建立亲密的亲子关系

要让宝宝脱离你，开始独立自主地尝试，这需要宝宝内心的信任感和安全感为基础。所以，首先妈妈要让他充分感受到你的爱，与他建立亲密的亲子关系，让他对你和周围事物充满信任感——当幼小的宝宝知道，在他遇到困难时，你一定会帮助他，他才能排除一切后顾之忧，放心大胆地去探索外界以及进行各种尝试活动。

◆ 给宝宝充分的活动自由

宝宝的独立性格只有在自由的空间中才能得以产生和发展，所以，妈妈不仅要为他提供独立的操作空间，还应当为他提供独立的思考空间。

◆ 为宝宝创设一个安全的环境

为了免去你的后顾之忧，也为了让宝宝能够行动得更自由，妈妈需要保证宝宝周围环境的安全。

当然，安全并不是绝对的，妈妈不可能为宝宝设置一个空中楼阁。

所以,妈妈一定要教给宝宝基本的安全常识,同时还要让宝宝学会躲避危险,学会自我保护。让宝宝在自由自在地玩耍和探索的时候,懂得躲避危害——能够自主地躲避危害,也是独立的体现。

◆ 当宝宝的好榜样

妈妈的一举一动,宝宝都会模仿和学习——可见,榜样的力量是无穷的。

所以,作为妈妈,首先就不要扮演依赖他人、游移不定、动不动就寻求别人帮助的角色。通常都是,独立干练的妈妈造就独立自主的宝宝。

◆ 训练宝宝承受委屈的能力

能承受委屈是坚强、勇敢、成熟人格的表现。而现在的很多宝宝,都会存在一种娇气和任性,因为宝宝的爷爷奶奶爸爸妈妈都怕宝宝受委屈,更谈不上故意让宝宝接受委屈锻炼了。

然而,这是个竞争激烈的社会,委屈是任何一个社会人都无法避免的现实问题——它也是一种人生考验。要让宝宝能够从容地应对今后的考验,就得让他具备能经受得住考验的心理素质。所以,从小对宝宝进行一些承受委屈的训练是非常有必要的。

那么,妈妈应该怎么做呢?其实,最简单的做法莫过于当宝宝受了委屈时,你保持平静,不要表现得大惊小怪。然后跟宝宝一起来理出头绪,找出事情发展的前因后果。最终目的是让宝宝能从自己和对方的位置思考问题,如果不是大是大非的问题,或者原本就是自己不对,那么就把这份委屈承受下来。

委屈教育其实是一种是非教育。当你的宝宝真的能做到明辨是非,那么他一定能做到该承受委屈时就勇敢承受,不该承受时就勇敢地站起来,这是一种健康的心态和高尚的人格。

◆ 鼓励宝宝独立行动

当宝宝能够独自行走之后,他的独立意识就已经开始萌芽。和以往比起来,他会更积极、主动地去探索和认识周围世界。这个时候,妈妈就不要再扮演他的左右手了。当宝宝说"我自己穿衣服"时,你就要让他自己穿;如果他把扣子扣错了,你可以让他解开重扣。

宝宝的独立行动倾向越来越明显,妈妈则要更积极地鼓励引导,为宝宝提供一些做事机会,让他体会到自己动脑筋、动手做事的乐趣和喜悦。不要因为害怕他做不好或动作慢就采取包办代替方式,这会干扰宝宝独立性格的养成。

需要提醒妈妈的是,虽然宝宝独立的愿望很强烈,但他做事的能力却还不够。所以,妈妈既要允许宝宝在某些方面有依赖大人的情绪,又要鼓励他,告诉他他一定能行,争取让他毫不气馁地反复尝试——其间,独立地吃饭、穿衣是他独立行为能力的开始。

◆ 循序渐进,不急于求成

独立性格的培养是一个长期的过程,因此,妈妈不要因为心急而对宝宝的发展作出过高或不合理的要求,更不能因为宝宝一时没有达到你的要求,就指责他。应当冷静地同宝宝一起分析没达到要求的原因,以科学的准则和办法来调整策略。

小 提 醒

宝宝走向独立的途中,都会经历一个"执拗期"。在这一时期,他会表现得特别倔强,什么事都要坚持自己做,并拒绝别人的帮助。妈妈可抓住这个机会因势利导,在保证宝宝安全的前提下,放手让他去做事,并在适当的时候赞美他,然后询问他需不需要帮助,让他享受到成功的喜悦。

○ 练宝宝的空间方位感

能够独自去户外活动，这是宝宝独立性格养成的一个必经步骤；而独自去户外，并有很好的方向感，这实际上是宝宝必须具备的一种空间方位智能。所以，当宝宝能够独立行走，可以自主地探索外界之时，妈妈就要对他进行空间方位感的训练了！

最简单的方式是教宝宝画地图。

工具：

纸、笔、尺。

方法：

首先，妈妈要让宝宝积累自己家附近的标志性建筑物。

当妈妈带着宝宝坐车时，详尽地跟他讲述车辆的行进路线，并为他指出沿途的大型标志性建筑物（如公园、体育馆等），让宝宝对经过的路途有个大致的印象。

在闲暇时间里，妈妈要经常带宝宝外出散步。散步途中，妈妈要详尽地向宝宝指出沿途的标志物（这种标志物应比乘车所看到的标志物要密集详实得多）。这些标志物包括：幼儿园同学的家、一条小巷子、一条大街、一家冷饮店、一家便利店——任何他去过的地方都可以让他知道名称。

其次，行进之后画地图。

在某一次散步之前，跟宝宝商量一个目的地（比如宝宝常去的公园）。妈妈可以带着宝宝绕路走，途中提醒他注意一些他常去的地方。

抵达目的地之后，妈妈跟宝宝坐在一个石凳子上，开始画图。

（1）妈妈先来画一张家庭地图为宝宝演示。先问宝宝：把我们的屋子画出来，应该先画什么呢？以此启发宝宝从大到小地画图——妈妈先画出家里的房间。

（2）画好家里的房间之后，再询问宝宝，接下来应该画什么。在商量之下，妈妈为房间内添上大陈设，比如床、沙发、电视机、书架等等。

（3）大陈设画好之后，让宝宝自己来为这张图添置小陈设，比如浴缸、茶几等等。妈妈要观察他是否将小陈设画在了准确的位置，浴缸在浴室内的位置正确吗？茶几是否画在了沙发的前面？添置完毕后，跟宝宝一起来端详这张家庭地图，让他知道，原来一张图就可以是整个家的缩影。

（4）开始让宝宝独立地画一张大地图，要求他画出经过的地方。以自己的家为中心，画出公园、同学的家、冷饮店、便利店等等。

（5）当宝宝在公园玩够了，妈妈则可以摊开这张大地图，跟宝宝商量，到底以哪条路作为回家路线。决定了之后，妈妈则可以跟宝宝沿着既定路线返回了。在返回的途中，当走到了一个让宝宝感兴趣的地方时，妈妈还可建议他对地图进行添补，把他感兴趣的地方标注上去，以后要找这个地方就不难了。

说明：

宝宝在室外活动时，方向感是很重要的。通过画地图，宝宝可以学会大量的方位知识。除此之外，画地图还能训练宝宝的精细动作，培养他的逻辑能力。

小提醒

平时外出，妈妈不要忘记对宝宝进行路线介绍，无论是胡同、街道还是其他交通路线，妈妈都可以向宝宝说明，他能记住多少并不重要，重要的是这种潜移默化的过程。

宝宝3岁的时候，他就已经有能力记住家庭地址、电话号码及区号了，妈妈不要忘记告诉他。

○ 培养宝宝的竞争意识

竞争其实是"生于忧患，死于安乐"的道理——保持一种时刻竞争的忧患意识，才会有向上的动力，才会有进步和发展。为了让宝宝能在将来更好地适应社会竞争，妈妈应当从小培养他的竞争意识、竞争道德以及竞争能力。

那么通过怎样的方式来对宝宝进行培养呢？

◆ 宝宝与别人竞争，同时不忘与自己竞争

竞争可从纵横两个方面来分，与他人进行竞争，这是横向的竞争；而与自己竞争，即把过去的自己与现在的自己进行比较，以达到超越自我，则是纵向的竞争。

妈妈要让宝宝知道，与他人竞争是竞争中必不可少的部分，也是竞争中的主要内容。从这个方面出发，可以鼓励宝宝积极参与集体竞赛，以班、组为单位进行智力竞赛或体育比赛等。竞赛中，要求每个队员既发挥自己的最大潜能，又相互协调合作，目标是既要战胜对方，又无损对方的友谊，让宝宝为集体的取胜尽最大的努力。通过与他人的竞赛，宝宝会知道，竞争是公平公正的，这有助于宝宝建立正确的竞争意识，也有利于他身心的健康成长。

与自己竞争，这是竞争的高境界。若仅仅是追求击败别人，甚至不惜用尽手段挫伤竞争对手，这对宝宝的身心发展不利。所以，妈妈要多引导宝宝与自己竞争，以个人为根基，与惰性做斗争，战胜困难，不断取得进步，超越自我。

◆ 为宝宝创设竞争的情境

妈妈要开启宝宝的竞争愿望。可经常向他讲一些动物竞争的故事，给他买一些通过竞争成长、进步的浅显的书籍，还可让他多看一些

有关竞争活动的电影电视——运用多种形象有趣的方法，让宝宝了解有关竞争的起源、竞争与生存、竞争与发展等方面的知识。如果宝宝在面对竞争时，反应较弱，妈妈则要设法强化他对竞争的反应；若宝宝竞争反应过强，则需要妈妈在保护这种意识的同时，引导他适当地控制自己，或者及时转移他的注意力，让他强烈的情绪得到缓解。

总之，创设竞争的情境要坚持适当的原则，做到既能激发宝宝的竞争欲，又让他懂得以公平、公正的方式参与竞争。同时，还要调控好竞争强度，过于强烈、刺激和持久的竞争都不宜进行，以免对宝宝脑神经刺激过大。

◆ 赋予宝宝竞争的美德

让宝宝具备竞争的美德，其实就是建立宝宝对竞争的积极情感，也就是对竞争有无限的向往，并能热情地投入竞争，能锲而不舍地进行竞争。

竞争美德包括四个方面的内容，即公平、公正、公开、公心（出于一种共同发展、共同提高的愿望）。

当然，对于以上四方面的内容，妈妈应当根据宝宝的心理特点以及接受能力对宝宝进行讲解，让宝宝懂得：竞争的对象首先是自己，竞争就是要不断超越自己；竞争应当凭能力、凭智慧争取胜利；竞争要做到公正、诚实；竞争要公开，不能搞阴谋诡计；竞争的确要尽力发挥自己的长处，但不能坑害别人；竞争的最终目的是寻求大家的进步，促使社会的发展。

当宝宝具备了以上的竞争美德之后，他便有了分析事物的标准，能判别出哪些竞争是良性的，哪些是恶性的。

◆ 让宝宝正确面对胜利和失败

只要竞争存在，就必然有胜利和失败。这里，妈妈要让宝宝懂得：胜利时，不要骄傲自满，要知道比自己强的人还很多，只是没有参与到某个具体的竞争中去。所以应当继续保持强烈的进取心，挑战自己，向

更大的成功迈进。而遭遇失败时，也不要灰心丧气，为自己加油，苦练本领，争取下一次取得胜利。

这里，为妈妈提供一个适合宝宝参与的竞争游戏：

◆ 机敏的猎人

工具：

沙包两个、小动物头箍以及相应的小动物卡片若干。

方法：

（1）宝宝扮演猎人，双手各拿一个沙包站在前面，爸爸妈妈戴上小动物头箍扮演小动物，站在猎人身后 3 米远的地方。

（2）猎人慢慢地往前走，小动物尾随在猎人的身后。

（3）行走一段距离之后，猎人应突然转身将两个沙包往后方抛去，目标应锁定为两个小动物。小动物可以躲避。

（4）若小动物不幸被沙包打中，则被猎人捕获，这时候，宝宝就可获取相应的动物卡片一张，被打中的那个小动物则要更换头箍，重新扮演一只小动物，游戏重新开始。

（5）若宝宝进攻了三次，都没有捕获到一只动物，那么猎人则要被替换下来。几个回合之后，谁捕获的小动物多，谁就获胜。

说明：

此游戏训练了宝宝动作的敏捷性，也培养了宝宝竞争意识，当他击中目标时，他会体会到竞争的成就感。

【二】让宝宝意志坚强

表面上我家小家伙是挺勇敢的,但依然有雷声大雨点小的毛病。

小家伙 4 岁的时候,他爸爸带他去医院看牙。

还没走进牙科诊断室,就听见一个小男孩在号啕大哭。

小家伙问小男孩的妈妈:阿姨,哥哥几岁了?阿姨回答"6岁了"。于是,小家伙开始自以为是地教导起哥哥来:勇敢一点嘛,看,我就不哭!

这话令阿姨汗颜,赶忙抓住这个榜样教育自己的孩子:小弟弟比你小,都没哭,当哥哥的要拿出勇气来!

后来,小哥哥走了。结果,这个称自己很勇敢的小弟弟立马号啕大哭起来,怎么也不让医生碰他的牙。

他爸爸纳闷地问他:刚才你不是说别人不勇敢吗?现在自己怎么又哭了?

小家伙一脸无辜地回答:可我还没长到 6 岁嘛,等我长到 6 岁,我肯定会勇敢……

没办法,爸爸只好带着他回家了。

○ 培养意志力的方式

意志力是一个人走向成功的推动力,也是一个人真正独立、心志

成熟的表现。

妈妈应当从小培养宝宝的意志力，可采取以下几种方式：

◆ 激发宝宝在正确的动机下行事

要让宝宝胸怀美好的愿望，并且能在这种积极的愿望下，具备一种行为动机。

每个人做事都有他的特有动机，而这种动机源于人的某种欲望。宝宝也是如此，他对生活充满了好奇，随着年龄的增长、经验的增多，他的欲望也会越来越多——这些欲望有的是正当的，有的则是无理的，妈妈应当慎重对待，培养宝宝对正当欲望的追求力和对不正当欲望的控制力。

若宝宝从小就能控制自己，懂得哪些欲望是不好的，并养成努力学习、不达目的决不罢休的坚强意志，那么他将在今后的学习和事业中走得轻松。

◆ 让宝宝懂得为自己设立目标

有了目标才能不怕吃苦、坚持奋斗。

目标有长期的，也有短期的。而对于宝宝来说，妈妈要鼓励他树立切实的短期目标，让他在一定的时间内实现目标，并为实现目标坚持到底，一步一步地朝着长期目标靠拢。在实现目标的过程中，宝宝坚强的意志也就建立起来了。

◆ 鼓励宝宝去实践

坚强的意志与人的实践活动有着莫大的关系。认识事物的过程是意志的基础，实践活动是意志力量的源泉，离开了人的认识活动和实践活动，意志就无法产生。所以，妈妈要让宝宝积极参加实践活动，通过实践提高宝宝认识世界的能力，这对意志也是一种锻炼和提高。

◆ 让宝宝拥有更多的积极情感

人的情绪和情感对意志有着重要的影响——健康向上积极的情感给人以力量,让人的意志变得坚强;不健康的消极情感则会成为人的阻力,使人意志薄弱。正如人高兴的时候,情绪高涨,也就乐于接受和完成各种任务;当人情绪低落的时候,其意志消沉,一般会处于一种难以胜任的状态。所以,妈妈要让宝宝经常处于一种健康、丰富的积极情感之中,这才有利于意志的增强。

◆ 创造环境锻炼宝宝意志

这里的创造环境,是鼓励妈妈为宝宝创造一个艰苦的环境,让他走出温室,去经历一些惊涛骇浪。

平时,妈妈就应当从正面引导宝宝了解某些科学家刻苦勤奋、坚韧不拔的精神,为宝宝树立起良好的意志行动的人物典范。同时,还应结合宝宝日常生活,有意地设置一些困难。妈妈应多给宝宝一些独立活动的机会,该让宝宝自己去完成的一些事情, 大人不要代替包办。宝宝遇到困难,要鼓励他自己想办法解决。对完成好的予以表扬和鼓励,使他体会到战胜困难的成功喜悦,增强其战胜困难的信心和勇气。这才有助于宝宝一步步地走向独立。

○ 别虎头蛇尾

耐心需要长期的教育和培养,因此,当宝宝还处于幼儿期时,妈妈就应该抓住机会,毫不放松地培养他的耐心。

如何才能让宝宝成为一个做事长久、有耐心的人呢？

这里，我们先提供一个通过栽种植物的方式来培养宝宝耐性的办法，譬如带宝宝种一次土豆。

方法：

（1）向宝宝宣布你可以教他种土豆。地点选在楼下的泥土地上。

（2）交给宝宝一个土豆块，让他亲自把关。要求他在土豆发青，并长出小芽时告诉你一声。

（3）当土豆发芽了，就可以栽种了。这时妈妈可以带着宝宝，将土豆种在土里。然后每天观察土豆幼苗的成长状况，并慢慢地向宝宝讲解植物生长的道理。

（4）让宝宝记观察日记，日记内容包括：土豆发青日期、发芽日期、栽种日期、土豆幼苗长出地面的日期和样子、幼苗的生长过程等等。若宝宝愿意，妈妈还可以协助宝宝，画一些插图让日记显得更具体丰富。

说明：

种土豆对宝宝来说，既是一种体验，也是一种学习。它不仅训练了宝宝的动手能力，还训练了宝宝的观察能力，同时，还让宝宝的脑筋动了起来。而这整个过程，宝宝对自然的兴趣和好奇心也在潜移默化中得到了培养。不仅如此，它还培养了宝宝的条理性，在漫长的观察记录过程中，宝宝的耐心得到了巩固。

·备忘录·

面对虎头蛇尾的宝宝，根据宝宝的个性特点，妈妈可以采用以下方法加以引导：

◆ 榜样示范法

首先，还是需要妈妈发挥自己的榜样作用。宝宝的行为模式尚未建立起来的时候,他是一个默默的观察者——身边最亲近的人做事的习惯就是明天他做事的准则。所以,妈妈应当端正自己的行为,一定要有计划地安排日常杂事,让宝宝看到你做事的井然有序和耐心,以此激励他向你学习。特别是对于工作上的事,妈妈要以一种严谨苛刻的态度对待,然后根据自己的切身体会现身说法,把事情讲给宝宝。相信宝宝看到认真工作的妈妈,会很受感动,从而向你学习,以"不把事情做好决不罢休"来要求自己。

◆ 诱导鼓励法

宝宝虽然尚不具备一套完整的思维体系,但他已经能明白你的话。所以,当你看到宝宝因为缺乏耐心(比如他因为搭不好积木而把积木扔了)而发脾气时,你应当跟他谈谈,告诉他你了解积木搭不起来心里会变得不开心,但是把积木扔掉并不能解决问题——惟一能解决问题的办法就是保持耐心,再搭一次。总之,妈妈不要认为宝宝听不懂你的话,即使他仍旧很生气,但至少他知道自己的哪些做法是于事无补的,而这就是培养耐心的开始。以谈话的方式开导宝宝是最好的方式,这样做的效果比你责怪他好得多。

◆ 竞赛法

再小的宝宝都会有好胜心,所以,出于这种心态,他一般都会表现得喜欢竞争。而在竞争中,如果他获得了胜利,他的积极性会被大大地激发,使他具备克服困难、勇敢向前的信心。所以,妈妈应经常为宝宝创设一些竞赛,比如爬山的时候跟他比赛谁爬得快。妈妈可以先爬慢一点,让他得胜,相信在这种荣耀感之下,宝宝再也不会闹爬山苦闷了。如果你再对他说:来比比看谁坚持得久?相信他是会坚持到底的。而其他竞赛也一样,可以先让他体验胜利,然后,可以再增加竞赛的

难度和复杂度,让他在竞赛中成长。

◆ 精神激将法

适当地利用宝宝的逆反心理,也算是一种激发斗志的方法——当然,这需要建立在对孩子了解的基础上。如果你的宝宝正是那种你说"好"他偏说"不好"的性情,那么你可以通过否定的方式刺激他,对他说:我不相信你能坚持得住!相信他会"坚持"给你看的。

○ 具备坚持不懈的毅力

宝宝只有具备了不怕困难、不怕危险、勇于坚持的精神,才能够在遇到困难时做到不畏惧、不妥协,将失败转变为成功的契机。

妈妈可以通过一些有趣的游戏来培养宝宝坚持不懈的毅力。

◆ 智闯地雷阵

工具:

粉笔、宝宝经常玩的皮球或玻璃球以及其他玩具、罐头盒、几个小板凳等。

方法:

(1)选取一个宽敞的地方,妈妈用粉笔在地上画出两条平行线。平行线之间的距离为 5 米左右。

(2)利用工具,在平行线中间设置一些小障碍。如可以将皮球、玻璃球、罐头盒、小板凳等散放在平行线之间,告诉宝宝这是地雷,一不小心踩到地雷会导致什么结果。

(3)用剩下的一个小板凳作为宝宝游戏中要使用的道具。游戏过程中,宝宝必须将小板凳平举在自己的胸前,妈妈还要在板凳上放一个小玩具,让孩子举着板凳从平行线的这边走到另一边。

（4）在行进过程中，宝宝不能碰到地雷，也不能让板凳上的玩具掉下来。初次玩这个游戏时，若玩具从板凳上掉下来，妈妈可帮助宝宝拾起玩具放在板凳上，让宝宝继续前进。等宝宝玩熟练后，就不再允许失误了，掉玩具或是碰到地雷，那么整个游戏就失败，只能重新来。

说明：

通过此游戏，培养了宝宝沉稳、谨慎的性格，并让他懂得了坚持的可贵。

◆ 小兔子大赛

工具：

粉笔、玩具萝卜若干、玩具蘑菇若干。

方法：

（1）选取空旷的场地，在场地的一端将玩具萝卜放在地上。让宝宝邀请其他宝宝一起玩游戏。

（2）宝宝们扮成小兔子，从 10 米以外的地方出发，使用跳的方式，比赛拔萝卜，谁先将萝卜运回原地，谁就获胜。（其间，谁双脚落地了，都算失败。）

（3）拔萝卜比赛结束之后，妈妈可以在此基础上添设游戏内容。首先用粉笔在地上画出河流，将玩具蘑菇放在河流对岸。

（4）让宝宝们进行采蘑菇的比赛——小兔子们从一个起点出发，起跳，跳到河流旁边时，必须单脚跳过河，跳过河之后，将对岸的蘑菇捡起来，再返回。谁采的蘑菇多，谁就获胜。（其间，谁双脚落地，或者没有单脚跳过河，都算失败。）

（5）两个比赛完毕之后，妈妈可以将这两个比赛串起来，既让宝宝拔萝卜又让他们捡蘑菇。在整个过程中，没出差错，并带回蘑菇和萝卜的宝宝就算获胜者。妈妈应给予他们奖励。

说明：

此游戏抓住了宝宝好胜的心理，培养了宝宝的耐心及坚持不懈的品质。同时，还培养了宝宝的弹跳能力。

○ 宝宝的自我控制力

对于年幼的宝宝来讲，由于其中枢神经系统尚未发育完善，神经冲动的传递容易泛化，不够准确，所以，自制力会显得较弱。但这并不意味着自制力对孩子来说是不重要的，妈妈应当掌握一套培养和提高宝宝自制力的方法，从日常生活中的小事出发，逐渐培养宝宝的自我控制能力。

◆ 让宝宝在日常生活中发挥自制力

在日常生活中，妈妈应早早地与宝宝达成约定，让他按时睡觉，准时起床，按时吃饭，并做到不偏食不挑食。

精彩的电视，无论对大人还是宝宝都会有吸引力，但是不能因此就纵容自己的欲念，比如吃饭的时候看电视。事实上，吃饭的时候分心去看电视，会影响消化。所以，为了让宝宝能够好好地吃饭，一定要改变边吃饭边看电视的习惯。妈妈可以跟他达成协议：只有吃饱饭才能看电视——爸爸妈妈也一样。

最初，应为宝宝制定一些简单明确的规则，让他懂得什么是该做的什么是不该做的。当然，规则不宜太多，规则的内容也不应太复杂，否则就失去了威力及执行力。

制定规则是为了让宝宝知道，任何地方都是有约束的，即使是在家里，也需要约束自己的行为。宝宝长期处于这种环境中，自然会逐渐学会控制和约束自己。

◆ 让宝宝懂得：想要的东西不一定都能得到

有的家长对宝宝有求必应，无论合不合理，一律应允。这就给宝宝造成了一种错觉,他已经习惯了想要什么就能得到什么,那么"自制"就成了空谈。

所以,妈妈千万不能满足宝宝的所有需求。

当宝宝想要一个玩具时,你应该跟他"讨价还价",比如让他帮你浇一个星期的花,你则满足他的愿望。在这个抵达愿望的过程中,宝宝其实就在等待和忍耐,那么,自然而然,他的自制能力就得到了提高,并且懂得了想得到什么东西,需要自己努力,并付出一定的代价。

当妈妈带着宝宝逛街时,为了防止他嚷着要买这买那,一看到感兴趣的东西就无法自控,妈妈也可以跟他"讨价还价",问他到底想要什么,那就确定下来。如果他回答不出,那就约定只能花多少钱买东西,若钱花完了,就不能再要其他东西——如果他不遵守约定,那么以后不带他逛街了。这么一来,宝宝在遵守约定的时候,其自控能力也得到了提高。

当宝宝明显有一种"别人有,我也要有"的观念时,妈妈应该借此反问他:你有的东西,是不是别人都有? 让他意识到,所有的人都是各有各的东西,一个人不可能拥有所有的东西。

◆ 通过反面事件启发宝宝

当遇见其他人做出无法自控的事情时,妈妈要让宝宝判别那样做是否正确——通过这种诱发宝宝思考的办法,让他明白,能控制自己的人才能算做一个正常人,否则,在别人看来,这个人就是不可理喻的——通过这种判别,宝宝的自控意识又将得到增强。

当妈妈了解了这些训练宝宝自控能力的方法之后,还可以参考以下游戏,以玩乐的方式来训练宝宝的自我控制能力。

绳子通信

工具:

3米长的绳子。

方法：

（1）约上宝宝的小伙伴，带领他们外出郊游。在行进的过程中，让他们排成纵队，牵着一条绳子一起走。其间，他们不能说话，只能通过这条绳子来传递信息的暗号。

（2）出发的时候先约定好暗号的内容。拉动绳子一次，表示向前行走；拉动绳子两次，表示快速向前行走；拉动绳子三次，表示向右转弯；拉动四次，表示向左转弯；拉动五次，表示停下来休息。

（3）暗号由领头的队员发起，他轻轻地拉几次右手的绳子，接受到这个信号的队友，也同样拉几次绳子，通知后面的队员。

（4）当信号已经到达最后一名队员时，大家都把绳子换到左手，开始按信号行进，或加速或转弯或休息。

说明：

这种不说话，只能通过动作来传递信息的方式训练了宝宝的领悟能力，同时也训练了宝宝的自控能力。

几何散步

方法：

（1）让宝宝跟你讲出各种几何图形的形状，如圆形、正方形、三角形、长方形和椭圆形分别是什么样子的。

（2）选择一处以几何图形做修饰的路面，带宝宝去走，让宝宝边走边留意路上的几何形状，等走过一段路之后，问他已经看到多少种不同的形状。

（3）任意说出一种图形（如三角形），再跟宝宝走一段，让他数一数，一路经过了多少个三角形。

（4）当宝宝已经数到了 5 个以上之后，妈妈则要换另一种图形，再次要求他寻找。

（5）重复以上步骤，直到每种图形都被宝宝寻到为止。

（6）几何散步结束之后，妈妈可以买些小点心来犒劳一下宝宝。可以问一下宝宝想吃什么形状的点心。

说明:

此游戏巩固了宝宝对几何图形的认识,同时也训练了宝宝的分类和思考能力。除此之外,专注地沿路寻找图形,也训练了宝宝的自我控制能力。

带宝宝进行"几何散步"的时候,特别要注意沿路的情况,以免专注寻找几何图形的宝宝忽略身边的危险因素而发生意外。

【三】宝宝需要适当的冒险

小家伙2岁的时候,有段时期行为特别怪异。

每当爸爸或妈妈下班回家,或者是大家都在家里,有客人敲门——只要他听到敲门声,就会跑进自己的卧室里藏起来。

以前,他都有主动给别人开门的习惯,所以,我不明白他为什么会在突然之间有这么大的改变。

于是我问他:你是在跟妈妈捉迷藏吗?

他有些为难地回答我说:不是,我是怕大灰狼进来!

哦……原来是童话在作怪!

于是,我跟他讲,大灰狼吃小羊的故事只是童话,不能当真的。现在的大灰狼,要么在森林里,要么在动物园里,是不会无缘无故跑到城里来的!

看他半信半疑的样子,我开始鼓励他去开门,后来他终于克服了胆怯的心理,能够主动去开门了。当看到电视里的惊险场面时,还会扮做正义人士,拿起"魔杖"跟妖魔鬼怪作斗争……

当然,我希望的是:小家伙一直能做到,在面对邪恶和困难的时候,敢于冒险。

○ 危险中学会自我保护

当宝宝走向饮水机，伸手准备去压红色的水龙头；当宝宝在楼梯上玩球，一不小心让球掉到了楼梯下面，球越滚越远，他准备去追……

这些在妈妈眼目之下出现的潜在危险，妈妈将之全部驱逐，让它们远离宝宝。但妈妈有没有发现，这其实也是对宝宝的一种限制，他仍然不知道如何帮助自己、保护自己。虽然宝宝避免了很多危险场面，但他还可能走入另一些危险场面，这都是无法预料的。这个矛盾如何解决呢？作为妈妈的你，除了能尽可能地改善生活环境，增加其安全性，还能做什么呢？

也许只能是——让他去面临危险！独立的宝宝会减少妈妈的很多担心。

宝宝在独立意识发展除了懂得安全、健康的生活方式外，还应具备一种面对各种危险时的自我保护技能。妈妈在对宝宝进行自我保护教育时，首先要让宝宝认识到危险存在——可以通过积极的身体体验来帮助宝宝认识；其次要训练宝宝掌握一定的危险应对技巧，包括身体的应对技巧和心理的应对技巧。

这里为妈妈提供几种认识危险游戏：

◆ 认识"高"

方法：

(1)故意将宝宝放在高 10～15 厘米的平台上，看看他的反应。

(2)如果他不一会儿就翻爬下来，并没有表现出害怕的表情(大多数宝宝都会这样)，那么，再将他放到 90 厘米高的平台上，再看看他是什么表情。他是否会爬到边缘就停止动作，然后显出害怕的样子(这也是大多数宝宝会有的反应)。

(3)当你的宝宝表示出害怕，游戏则结束。这时，妈妈应告诉他这

很"高",宝宝感到害怕了其实就很危险,如果以后再遇到这样高的平台,最好不要爬上去玩。如果是爬上去取东西,下不来时,一定要寻求旁边的人帮助。

说明:

通过游戏,能促进宝宝主动观察并判断周围环境及事物的变化,并根据变化做出身体的适应性反应——这就是一种危险意识。同时,这个游戏还可以帮助宝宝理解危险信号概念,并建立起相应的安全模式,促进宝宝的自我意识及独立性的发展。

小提醒

(1)宝宝刚开始学爬时,有必要对"高"有一个明确的认识。

(2)在整个游戏过程中,妈妈应在一旁注意保护宝宝。

(3)平时,妈妈还可以让宝宝试着练习从箱子上爬下来或者从床上爬下来等。

◆ 跑步中的危险

妈妈在目睹宝宝急速跑步时,总是会有一种担心,害怕宝宝摔倒身体受伤。情急之下,会对宝宝做出"别跑"或"跑慢点"等要求。在这种情况下,有的宝宝会不情愿地停止跑步,有的宝宝出于一种逆反心理,会干脆跑得更快。

其实,总体上来讲,妈妈没有必要强求宝宝终止自己的跑步行动。宝宝入学之后不是一样会参加田径赛吗?既然如此,妈妈还不如教给宝宝一些自我保护的方法,让他们在运动中掌握一定的跑步技能,能够增强体质。

方法:

(1)让宝宝注意跑步地点的选择。最好不要在马路边或人多的地方跑;跑步时应平视前方,注意突然出现的人或车辆;避开土堆和碎石子等,以免滑倒摔伤。

(2)学会保护身体。妈妈可以为宝宝讲讲人体生理结构的特点,并教给他一些卫生常识以及跑步的技能和技巧, 让宝宝学会避让和躲闪;告诉宝宝跑步时不要张口呼吸,向他讲解张口呼吸的危害性,教他跑步的正确姿势和呼吸方式。

(3)控制跑步的速度和时间。运动都应该是张弛有度的,跑步也需要控制。而宝宝的自控能力和时间概念相对较差,所以,妈妈最好是先带着他一起跑,并告诉他跑步速度的重要性。如果想长跑的话,就要匀着使力,否则,还没抵达终点就会疲惫不堪。当宝宝懂得恰当控制自己的速度之后,时间则可用跑步的距离来制定,比如一次性跑三圈等。

当宝宝掌握了跑步的速度和时间后,在跑步的过程中一般就不会出现呼吸困难等现象。跑步是一项既训练宝宝耐力又训练宝宝体质的运动。

·备忘录·

妈妈在对宝宝进行安全教育时应注意:

(1)妈妈要养成定期检查环境安全的习惯。

(2)结合正在发生的状况,向宝宝讲解什么是安全、什么是不安全,怎么做才是正确的避险方式。特别是当宝宝从某种危险环境中脱离之后,你更应当向他强调,以后遇到同样的危险应该怎么做。

（3）妈妈应从正面提示宝宝，给他正确的信息，让孩子敢于面对危险并懂得主动远离危险，而不是采取吓唬他的方式，让他看见危险就害怕。

（4）用积极的方式让宝宝远离危险。比如当宝宝拿着剪刀把玩的时候，你不该将剪刀夺走，把它藏得远远的，而是应当指导他如何使用。否则，如果你的宝宝趁你不注意拿到剪刀，他就无法正确地回避危险了。

（5）安全包括两个方面：人身安全和心理安全。所以，妈妈除了要结合生活环境，让他懂得避开现实的危险事物之外，还应当对他进行积极的心理安全教育，让他形成积极的自我概念，尊重自己、尊重别人，并更好地同别人交往。

（6）生活中的危险多种多样，在教宝宝认识危险时，妈妈很难做到毫无疏漏。所以，妈妈在尽可能地减少宝宝生活环境中的不安全因素、对宝宝进行安全教育的同时，还要掌握一些对紧急事故的应对技巧。

○ 野外的生存训练

为了防止不受天气变化、野生动物的侵害，很多人已经逐渐地将自己与大自然隔绝起来——这其实也是在拒绝自然给人们带来的生命力和幸福感。人的独立能力以及自我保护能力需要与探险精神结合起来，如果大家都懂得了在自然中的生存技能，那么无论走到哪里，人们都能顺利且安然地生活下去。

只要有一颗探索之心，大自然就会向我们展示它的力量。大自然能够让我们走入忘我的境界，忘却烦恼，敞开心灵。心灵一旦开放，人类就会有更多的关爱……

那么，为什么不带着你的宝宝去追求更为灵性和感性的生存方式呢？带宝宝再次贴近大自然，对他进行大自然中的生存训练！

方法：

（1）带着宝宝来到野外，让他身临其境地听你讲美洲印第安人的故事，他们能与自然安然、和谐地相处，长达几个世纪，可想而知他们对自然的了解有多么充分！他们从不害怕自然的力量，并且乐在其中。

（2）让宝宝来一番设想：如果在这儿迷路了，暂时回不了家，并且没有任何装备，没有食物，那么怎样才能活下去呢？迷路之后的生存机会有多大？

（3）当宝宝呈现出迷茫表情的时候，妈妈就可以跟他一起来探索，思考这个问题的答案。在野外的生存力，取决于一个人对自然的了解程度——你必须熟悉自然，并能够利用各种自然之物为自己服务。

（4）接下来，自然而然地，妈妈就可以教宝宝很多在野外求生的本领。

（5）初次去野外，第一步要学习做的事情就是搭建帐篷。小孩子原本就是喜欢干一些诸如垒城堡、建房屋之类的事情，那么在此基础上，妈妈应当给予宝宝一些指导，相信他很容易就能学会搭建帐篷。

（6）选择帐篷的搭建地点。

这是最重要的一步——因为稍不小心，也许你自以为选取了一块舒适的凹陷的地面，实际上就是一个河床。暴雨一来，河水就会流入，将帐篷淹没。

也不要把帐篷建在四季常青的树阴之下，原因是雨雪一来临，树叶就会长时间地滴水。

那么，帐篷到底应该建在什么位置呢？为了搭建一个干燥、舒适的帐篷，需要考虑这样一些内容：应当将帐篷搭在清晨阳光能照到的地方，因为清晨是一天中最冷的时候，若将帐篷搭在这里，一来可在清晨感到温暖；二来可避免夏日午后阳光的炙晒；帐篷附近最好有水源和燃料（如枯树枝、动物粪便等）；帐篷应选在通风良好、蚊虫较少的地方。

（7）帐篷建好之后，在帐篷或者周围的地上或树上做一些标记，让搜寻者容易寻找。

（8）开始储备水和燃料，架火堆、生火，寻找、准备野餐。

（9）用天然的材料做工具，并懂得一直让火烧着，以便搜寻者知道这里有人烟。

（10）最后提醒宝宝：迷路的时候一定要保持情绪的镇定，既然已经迷路，那么就要靠自己的力量生存下去，并且懂得如何求救。

说明：

这种野外生存训练游戏对宝宝来讲是非常真实并有趣的，哪怕只是短短的几个小时，宝宝也会觉得他是在冒人生中最大的险。当宝宝掌握了一套"野外生存的技能"之后，他会显得特别轻松并自信，并可能真的希望在某个时候走出去几天或一周，真的迷路一次，以检验自己求生的能力。除此之外，这种求生训练还有助于让宝宝领悟到人与自然与生俱来的相通之处。

小 提 醒

妈妈要叮嘱宝宝，在搭建帐篷的时候，只能使用枯死的材料，不能损害任何有生命的植物——除非遇到非常紧急的情况。否则，人没有任何理由破坏大自然中的一草一木。

第五篇 户外的道德意识培养

孩子的模仿意识特别强,若没有家长的关注和提醒,则很容易被周围的不良事件影响,加上他们是非标准不明,稍不注意就会沾染上一些不好的行为习惯,并对此浑然不觉。

而在宝宝的一生中,道德是意义最为深远的要素之一,情操是否高尚决定一个人的快乐和幸福程度。所以,宝宝年纪尚小的时候,妈妈就要对他进行道德品质的熏陶和培养。

人的道德意识是从三个方面体现出来的,其一是认知;其二是情感;其三是行为。而年纪尚幼的宝宝,由于其认知水平比较低,对很多抽象的道理还无法透彻理解,一般只能懂得一些简单、直接的是非曲直。所以,妈妈首先要端正宝宝的行为;其次才是对他讲解为什么以良好的方式待人接物,为什么要诚实善良、有爱心和责任感……

当然,说教的力量是薄弱的。在生活中,对宝宝进行道德意识的渗透,这才是最奏效的方式。

◆让宝宝具有社会公德
◆对宝宝进行真情教育
◆树立宝宝的责任感
◆塑造感恩宝宝

【一】让宝宝具有社会公德

小家伙6岁的时候,他的姑姑在英国生了小宝宝,于是,我们带他去了一趟英国。

那天,小家伙跟着他姑父外出回来,一副感慨良多的模样,我问他怎么了,他说人们太善良了,他非常感动。

事情就发生在大街上。一位残疾青年架着拐杖走在马路上,当他在没有斑马线的地方探出头时,街上川流不息的车辆突然戛然而止,当头的司机示意他过街。于是,所有的车辆都耐心地等着这位残疾人过街,小家伙的姑父也不例外,等这位青年慢慢地过完马路,交通立即又顺畅起了,大家继续驶往自己的目的地……

后来,回到国内,小家伙就变得敏感起来,他开始留意观察人们的公德意识。一次,在一个十字路口,当绿灯变成红灯,两旁的汽车开始呼啸而过的时候,小家伙主动扶住了一位困在马路中央、表情惶恐的老奶奶。

回到家,我问小家伙怎么看待这件事。小家伙安慰我说:慢慢来嘛,从我做起!

我松了一口气。虽然人们的公德意识有待改善,但小家伙没有丝毫埋怨,懂得从自己做起。我想,没有比这更好的事了!

○ 了解社会公德

教育宝宝遵守社会公德,是妈妈义不容辞的责任。对于宝宝来讲,最重要的是让他懂得在集体活动中照顾到他人和集体利益,克服个人主义倾向。这就需要妈妈以身作则,以自己的行为向宝宝展示社会公德对我们自身行为的要求,让宝宝懂得社会公德心渗透于我们最简单、最零碎的生活当中。"勿以恶小而为之,勿以善小而不为"是我们应该具备的心态。

妈妈应当从以下几个方面来培养宝宝的公德意识:

◆ 爱护公物

爱护公物是社会公德的基本要求,需要宝宝树立起对公共财物的主人翁意识——公共财物是大家的,也是自己的,所以在使用的时候要懂得爱护和珍惜。

爱护公物要从点滴做起,这包括很多方面的内容:

(1)爱护公共场所的门窗、桌椅,不乱刻乱画。

(2)不浪费任何地方的水、电、煤气。

(3)对于借来的图书要爱护。

(4)爱护花草。

(5)爱护电信设施。

◆ 遵守公共秩序

它是社会公共生活能够正常进行的起码要求,包括工作秩序、生活秩序和学习秩序等。对宝宝来讲,妈妈需要让他了解到最细微的方面:

(1)乘车时要排队,并主动配合乘务员的工作。

(2)聚会应准时,答应别人的事要做到。

（3）在公共安静的场合应当管住自己，保持肃静，别人发言时更应保持安静以示尊重。

（4）购买东西时应自觉遵循先来后到的顺序。

（5）若是集体生活，应按正常的时间作息，不打搅别人休息和工作。

◆ 助人为乐，理解他人需要

告诉宝宝，人与人之间应当互相理解、互相关心、互相爱护、互相帮助，在言传的基础上，也可以带宝宝参加一些实际的"献爱心"、"学雷锋"等公益活动。记得将活动的原因及意义讲清楚，让宝宝带着责任感和爱心去行动，并让他了解公益活动是不求回报的，若真要说回报，那就是献出爱心之后的愉悦感。

◆ 爱护公共环境

这里，妈妈要向宝宝灌输"五不"政策：不在公共场所乱扔果皮、纸屑以及其他废弃物；不随地吐痰；不在公共场合吸烟；不讲粗话脏话；不乱穿马路。

◆ 爱护自然生态环境

妈妈要教导孩子以下几方面的内容：

（1）爱护淡水资源

让宝宝了解到，我国很多地方淡水资源紧张——其根本是人们无节制地开采地下水，并对水资源进行肆意浪费等原因造成的。让宝宝懂得节约用水的重要意义。

同时，我国的水污染严重，这与人们使用含磷洗衣粉和向水里倾倒垃圾有很大的关系，让宝宝懂得保护自然的水环境。

（2）爱护生态环境

妈妈要带宝宝参加植树造林活动，并对他讲明植树造林的意义，让他了解林木优化生态环境的功能。

带宝宝参观自然保护区,让他体会到大自然的优美,认识植物、动物和人的和谐关系。

带宝宝参观生态遭到破坏的地区,让他了解不合理开发所造成的危害,并借此了解治理和改造的方法,从切身体会出发为宝宝建立起牢固的保护环境、维护生态平衡并合理利用自然资源的意识。

基于以上目标,妈妈应抓住身边小事对宝宝进行启发,奖励他的正面行为,强化他的公德意识,逐渐让宝宝懂得自觉按照社会公德的要求做事。

○ 教宝宝文明礼貌

让宝宝学会文明礼貌,这是道德教育的重要一环。妈妈可以通过如下游戏让宝宝学会一些文明礼貌行为。

方法:

(1)在地上划出一个区域,作为假想中的公共汽车,宝宝扮演乘车人,安静地坐着。

(2)妈妈先扮演一位老人,拄着一个假想的拐杖,弯着腰慢慢地走上"车"。让宝宝做出相应的行为,"老人"接受让座之后要对宝宝表示感谢。

(3)宝宝下车,换做妈妈扮演乘车人。宝宝可扮演残疾人,走上车。这时,妈妈要主动为他让座,宝宝要对让座人表示感谢。

(4)扮演游戏可以一轮一轮地进行。最后妈妈要即兴地问宝宝一些问题,如"当有人问路,你应该怎么做"、"看到一个盲人过马路,你该怎么做"等助人为乐的话题,看宝宝打算怎么做,然后与他一起讨论出

对别人最有帮助的方法。

（5）为宝宝讲述一件孩子行举手之劳为别人提供方便的事：

一天，蕾蕾跟着妈妈去商店买东西。妈妈正在选一些食物，蕾蕾有些无所事事。于是，她东张西望……一位老奶奶付完钱，提着满满一包东西走向门口，蕾蕾紧跟过去，帮老奶奶打开商店的门，老奶奶满脸微笑地对她表达了谢意。

妈妈还没选好东西，蕾蕾透过玻璃门，看到一位抱着小宝宝的阿姨要进商店买东西，于是，她又跑到门口，替阿姨打开了门，阿姨也感谢了她。

蕾蕾又回到妈妈身边，不一会儿，她又看到两个年轻人一个买了一杯热咖啡，正往店门口踱去，蕾蕾跑过去，为他们开了门，两个年轻人也感谢了她。

蕾蕾再次回到妈妈身边，问妈妈，还没选好吗？妈妈笑着说，其实早就选好啦，妈妈只是想看看，在你的判断之下，有多少人是需要帮助的，原来有这么多呀，蕾蕾真是个有心人！

后来蕾蕾告诉妈妈，为别人服务是一件快乐的事情。

通过扮演游戏和故事，宝宝能懂得人与人之间相互关爱、互相帮助的美好，有助于培养宝宝文明礼貌、助人为乐的精神，并让他懂得美化自己的生活。

【二】对宝宝进行真情教育

　　小家伙6岁了,有一次我带他到河边玩。

　　当我在附近把车停好之后,小家伙已经玩得很高兴了。看着我走来,他欢快地举着一个东西朝我跑来。我看见了,他将一只小螃蟹捏得紧紧的。

　　我有些不高兴,于是对他讲,你把螃蟹捏疼了,它也会夹你的!

　　没想到小家伙得意地说,我刚才把它的夹子掰掉了!

　　什么?我明显生气了。小家伙不明所以地望着我,说是刚才有个哥哥告诉他这么捉螃蟹的,而且螃蟹还可以吃。

　　我蹲下来,跟他说,你知道吗?小螃蟹的夹子被掰掉了,就像人的手被废掉了一样,是会疼的!

　　真的吗?它也会疼吗?

　　当然了,他有身体,会动的,当然也就会疼。而且,小螃蟹也有爸爸妈妈,说不定现在它的爸爸妈妈正在焦急地找孩子呢!小家伙内疚地跟小螃蟹说"对不起",然后将它放回了水中。

　　永远不要忘记对宝宝进行真情教育,这是我由衷的感慨。

○ 爱心教育的方法

孩提时期是培养宝宝爱心的重要阶段。当童稚的善良还未被现实侵蚀时,妈妈要先坚固它。那么,这个坚固的过程究竟需要注意哪些方面的内容呢?

◆ 多对宝宝进行耳语教育

人之初,性本善。通常情况下,宝宝会觉得万事万物都有生命,所以他的善良和爱心是与生俱来的。当然,也会有例外的情况,有一些宝宝会有缺乏爱心的行为表现,但这并不是出于其主观的因素,而是与他身心发育的完善程度有关。这个时候,妈妈应当照顾到宝宝的自尊心。因为宝宝从来不觉得自己是不善良的,或者认为自己原本就是个坏孩子。如果妈妈当众教育他,他也许就会执拗起来,就是要坏给你看,而如果妈妈跟宝宝耳语,悄悄地告诉他,他的某些行为有些不当,那么,他心里便会愿意听取你的意见,改正自己的行为。

◆ 强化宝宝的善良行为

家长永远都是宝宝的榜样,所以,首先需要妈妈和爸爸以身作则。你们应对周围的人和动物表现出真挚的感情,并在别人需要帮助的时候伸出友谊之手。平时还应带领宝宝去做一些发扬爱心的事情,以此感染和陶冶宝宝,妈妈要将爱心植于宝宝的心中。

妈妈还应留意宝宝在日常生活中的表现。一旦发现宝宝有友善行为,则要及时地给他拥抱和赞扬,或者赠送宝宝一个小礼物以资鼓励。当宝宝发现善良行为能让人感到愉悦,是值得推崇的行为时,他会比较倾向于继续善良。而如果妈妈对宝宝的闪光行为视而不见,那么,宝宝再表现出同样行为的频率就会低得多。

◆ 妈妈对宝宝的态度

要塑造一个爱心宝宝,妈妈首先要学会关爱孩子,让自己的行为符合以下要求:

(1)关心宝宝的身心发展,了解他的需要。

(2)尊重宝宝的个性,重视他的自尊心。

(3)为宝宝提供帮助时,应具有正面的意义,绝不赞成宝宝的报复行为。

(4)每天至少有一小时的时间与宝宝聊天,让他有情感归属感。

(5)以语言和行为表达你对宝宝的关爱。

(6)赞扬宝宝的良好行为,及时指出宝宝的错误。

(7)父母有困难不要隐藏,让宝宝理解你们,并安慰帮助你们。

(8)信任你的宝宝,在一定范围内,给他充分的自由。

(9)妈妈也应虚心,不懂的要跟宝宝一起学习,成长是终生的事情。

(10)不要轻易用物质来关怀宝宝。

◆ 走出家门,让宝宝在广阔的空间里去表现爱心

总是待在家里的宝宝,其爱心无法得到真正的展现。原因是,在家里,妈妈总是会不自觉地给宝宝"特殊照顾"——这往往让宝宝没有发扬爱心的机会。所以,妈妈必须将宝宝带出去,与邻居及其他小朋友照面,让宝宝在一种平等交往的状况下,学会接受别人的好意,并回应自己的好意给别人。另外,宝宝只有在户外才能遇到大自然中的花草树木以及一些小动物,只有真实的接触和相处才能培养真正的爱心。

◆ 让宝宝了解爱

(1)与亲人、朋友之间的爱

妈妈应当让宝宝看到你与亲人的感情,与朋友的情谊。同时可以跟宝宝讲你在年少的时候是如何交朋友的,是如何维系你跟朋友之间

的关系的。让宝宝认识到友情的难能可贵。然后,妈妈可以鼓励宝宝交朋友。若宝宝身边的小朋友不多,那么就只能通过幼儿园、学校、社区等环境加以弥补。多创造机会让宝宝跟其他宝宝一起玩,让宝宝学会理解帮助他人。

（2）父母之间的爱

妈妈和爸爸之间的和睦美满,对宝宝有无形的教育作用。宝宝可以通过爸爸妈妈之间相互关心和爱护的行为,学会理解、接纳、欣赏他人,并学会对人真诚的品质。不仅如此,爸爸和妈妈之间为宝宝传递的另一个信念就是信任,这是培养宝宝善良有爱心的关键。

（3）与动物之间的爱

妈妈有责任培养并保持宝宝心灵的善良。有调查显示,童年时饲养过小动物的宝宝,通常心地比较善良;相反,小时候没有接触过小动物的宝宝感情会相对冷漠。其实,这是很好理解的——只要是动物,那就会有感情。宝宝在饲养动物的过程中其爱心和同情心得到了最充分的发挥。所以,妈妈不妨考虑让宝宝饲养小动物。这就是宝宝最生动有效的爱心教育课程。

○ 营造充满爱的生活

培养宝宝充满爱心的品质,就要从宝宝常接触的和容易理解的生活事物入手。以下为妈妈介绍一些营造爱心生活的方式:

◆ 体验大自然的变化

妈妈要经常带宝宝亲近大自然,让宝宝尽情与大自然拥抱、对话——只有全身心地融入自然，才能体会到空气、阳光、山水、草地等一切自然的事物是那么的珍贵，让人热爱，而在与自然的和谐相处过程中，宝宝对生活的热爱便植于心中了。相反的，如果宝宝在童年时期是在一个单调枯燥的环境中，他不会有灵动的个性，甚至会时常有不安情绪，这样的宝宝在与人的交往过程中会遇到困难。

妈妈可以让宝宝观察云的变化。启发他透过云的变化，来进行联想。此外，草地、麦田，绿树、红花，彩虹出现，起风了，自然的变化……都是宝宝发挥联想的源泉。在联想中，宝宝对大自然的热爱会更深入。

◆ 种植花草

植物是有生命的——而对于幼小的宝宝来讲，他们并不能明显地感觉到这个事实。所以，妈妈应创造机会，让宝宝感受植物作为生命的生长过程。

妈妈可以带宝宝去乡下，去田野里劳动，让他种花植树……宝宝通过自己的劳动，让花美丽地绽放了，小树蓬勃地生长了——当他们目睹了果树生长、开花、结果的全过程之后，就会充分体验到劳动的愉悦，心灵与大自然融为一体，最终达成对生活的热爱。

妈妈可以在家里的阳台上，让宝宝种洋葱、大蒜等植物。妈妈带着宝宝一起播种，为植物浇水、松土，让宝宝记录植物的生长状况，了解植物的生长过程，看看植物长成之后跟市场上卖的有哪些不同。

所有的种植活动，不仅培养了宝宝的爱心，还让宝宝将爱扩大到了热爱生活。同时，宝宝的动手能力也得到了提高，自然知识也进一步丰富起来。

◆ 与小动物做朋友

与动物玩，是每个宝宝都感兴趣的事，但是要让宝宝与动物交朋友，却需要一个过程，那需要宝宝将动物作为生命看待。

妈妈首先要启发宝宝了解动物，动物与人一样，也是有其固定生活的。妈妈可以让宝宝去公园观看蚂蚁。给宝宝一个放大镜，先让他观

看蚂蚁的身体构造、走动路线，并让他找出蚂蚁的洞穴，告诉他，那就是蚂蚁的家。然后妈妈可以向宝宝讲解蚂蚁的习性和生活方式，并告诉宝宝哪些行为是破坏行为(譬如拿树枝捅蚂蚁的窝等)，让宝宝具备尊重自然、爱护生活的观念。

建立了尊重生命的观念之后，妈妈才可以允许宝宝饲养小动物。可以让他养乌龟、金鱼或小狗、小猫等动物。一定要让动物在宝宝的劳动中成长，为小动物记成长日记……这样，宝宝的爱心会在他自己的浇灌下开出花朵。

◆ 启发宝宝的设想

充满爱心的人会在潜意识里将身边的人和物看成是有生命的——如果你的宝宝有这样的特征，那么，他就是个爱心宝宝。

所以，平时妈妈要常常跟宝宝玩角色扮演游戏。这种扮演并不是扮演某个人，而是让他站在植物、动物或物体的角度思考问题。

比如，妈妈可以问宝宝：如果你是长在树上的苹果，你想说什么？妈妈也可以启发宝宝，先为他做示范说：我不想太早变成红色的，那样很快就会被吃掉！还可以这么问宝宝：如果你是邻居家的小狗狗，你最想做什么？ 如果你是那扇门，别人总是踢你，你会不会哭啊?以这种游戏来看宝宝是否真能把除人之外的其他东西给演活了。其目的就是培养宝宝设身处地为他人着想的能力，这也是爱心宝宝的必备能力。

【三】树立宝宝的责任感

小家伙 5 岁的时候,一个朋友就曾夸他有家庭责任感。

一天,这个朋友想还我书,而恰巧,我又跟小家伙的爸爸出去了,只有小家伙一人在家。我在电话里让这个朋友直接送书到我家里。不一会儿,这个朋友又打电话来了,说:"你家渺渺不给我开门! 快打电话跟他说个情, 让他给我开门吧! "

后来,小家伙跟我讲那天的事儿,他说,"有一个我不认识的叔叔敲门——我是从猫眼里看到的,可那个叔叔却说他认识你,我就考他一个问题,问他,我妈妈的生日是哪天……他说不上来,我就没有马上给他开门! "

我听后哈哈大笑,说,"不是个个朋友都知道妈妈的生日吧? "

宝宝说,"是啊,可是还没等我想出第二个问题,你的电话就来了。"

"不过那叔叔夸你来着,说你有家庭责任感! "

"……那你转告他,他也有点太沉不住气了吧! "

○ 如何培养宝宝的责任感

责任感是健康人格的体现，它标志着一个人的道德情操达到了一个新的高度。

责任感的养成是一个逐步发展、缓慢成形的过程。那么，培养宝宝的责任感，应着重在哪些方面下工夫呢？

◆ 提高宝宝回答问题的准确性

一个人的责任心可以从他回答问题的方式上显露出来。如果你的宝宝总是答非所问，这说明他没有认真听你的问题，他对自己不感兴趣的事置若罔闻；或者说他听了，但是没有努力组织语言，并采用一种符合逻辑的方式回答问题，他不在乎他的回答所造成的结果——那么，他的责任心也不会强。

所以，妈妈要努力培养宝宝回答问题的准确性。一方面，可以培养宝宝对自己行为的控制力；另一方面，可以提高孩子的注意力、思维力和语言表达能力。宝宝若能经历认真倾听、思索、分析、理解、搜索记忆、提取记忆、组织语言、回答问题这一复杂过程，那么他对自己的操控力便得到了锻炼和提高，其责任心也会得到巩固和发展。

◆ 在个人生活中激发宝宝的责任感

如果妈妈对宝宝过分溺爱，并经常代替他做事，这很容易形成宝宝优柔寡断、依赖性强的人格特征。所以，妈妈要让宝宝做到自己的事情自己做，管理好自己的生活。

宝宝 2 岁左右，妈妈就应该让他自己吃饭、穿衣、洗漱以及自己整理玩具。宝宝 4 岁左右，就完全可以自己洗脚、洗自己的小衣物，并可以整理房间；宝宝 6 岁左右，妈妈就应教他修补玩具、图书等。再大点他就可以学着缝衣扣了……

总之,妈妈要让宝宝尽早不依赖他人独立地做事。同时,还应培养他做事有始有终的好习惯,遇到困难也最好能自己想办法克服,实在想不出办法再请教他人。这样发展下去,宝宝就会形成独立自主的意志和品德,其责任感大大增强。

◆ 激发宝宝的自豪感,让宝宝以责任为荣

如果你让宝宝倒垃圾,他在完成这项委托时得到了你的表扬,也得到了邻居的称赞,那么他的自豪感会被激发出来,将倒垃圾这种劳动看做一种责任。可见,如果宝宝经常接受委托,并能从中获得心理上的满足,那么在这个过程中,其责任感会逐渐增强。

所以,妈妈要大胆地教给宝宝任务,如帮你择菜、擦桌子、摆餐具,照顾爷爷、奶奶等。宝宝完成任务之后,妈妈要多给他正面评价,让他在情绪上有满足的体验,这么一来,其责任感就在潜移默化的过程中形成了,并且还会逐步发展为对集体、对社会负责。

◆ 在社会生活中培养宝宝的责任感

宝宝的责任感如果仅仅体现在为自己、为家人上,这是远远不够的,还应体现在为他人、为集体上。所以,妈妈应鼓励支持宝宝关心集体,配合老师完成任务。比如当老师请你的宝宝帮忙做一个授课用的昆虫标本时,妈妈不仅应该主动带宝宝去捕捉昆虫,还应鼓励宝宝想办法把昆虫标本做得更好,让宝宝带着一种责任感为集体服务。不仅如此,妈妈还应鼓励宝宝为行动不便的邻居爷爷、奶奶或生病的叔叔、阿姨提供帮助,送信送报纸等。让宝宝将为别人提供方便看做是自己义不容辞的责任。

以上所有行为,在培养宝宝责任感的同时,还让宝宝认识到了自己存在的意义与价值,自己存在不仅是为了自己,还是为了别人。

◆ 在游戏活动中培养宝宝的责任感

宝宝的主要活动就是做游戏,因此,在游戏中培养宝宝的责任感

也是妈妈应采用的一种方式。

宝宝总是会在游戏中扮演不同的角色，同时还要完成一些任务——这就是宝宝在游戏中要承担的责任。妈妈应鼓励宝宝有始有终地完成游戏，比如宝宝扮做洋娃娃的爸爸妈妈时，他就应该照顾好洋娃娃的生活，为娃娃穿衣、做饭、讲故事等。如果你的宝宝扮做洋娃娃的妈妈，却将洋娃娃忘了，这时，妈妈不要嘲笑他责怪他，而是要采取以情动人的方式，对他说："娃娃没妈妈了，哭得可伤心了，他是饿了，还是病了呢……"激起宝宝的责任感。

当然，游戏归游戏，妈妈还要让宝宝在现实生活中负责。比如他弄坏了别人的东西，不能由妈妈替他赔了就算了——而应当为他的破坏行为付出代价，而这个代价就是劳动。妈妈一定坚持要他以自己的劳动来补偿。

小提醒

让宝宝从力所能及的小事入手，这是培养宝宝责任感的关键。妈妈不要怕浪费时间——如果你花5分钟能做好的事，宝宝要花半小时，其实这半小时是值得的。千万不要成为一个万事包办的妈妈，这只会扼杀宝宝的责任心。

○ 激发宝宝天生的责任心

责任感是一个人安身立命的基础，但若没有家长的指导和引领，宝宝是很难懂得这一点的，因此，要培养宝宝的责任感，妈妈的指引作用不可忽视。妈妈可以经常让宝宝玩一些需要依靠责任感才能完成的活动。这里，为妈妈提供一个保护鸡蛋活动——

工具：

鸡蛋若干、彩笔。

方法：

(1)选一个周末的早上，让宝宝召集他的小伙伴一起进行这个活动。妈妈为每个宝宝发一个鸡蛋，让他们小心握住，然后，教宝宝往鸡蛋上画出眼睛、鼻子、嘴巴以及头发——鸡蛋逼真起来，成了真正的蛋宝宝，以此激发宝宝保护蛋宝宝的责任感。

(2)妈妈向宝宝们宣布："今天你们来扮演鸡蛋爸爸和鸡蛋妈妈，爸爸妈妈应该怎么保护自己的孩子呢？"让宝宝们各自发表见解。当然，他们也许会说"放在衣服口袋里"或"握在手上"，妈妈先不要肯定任何一种做法。当有宝宝说"找一个地方，把它放好，不带在身上"，这时候，妈妈就可以问他："这样子，蛋宝宝会不会觉得孤单啊？"总之，妈妈要鼓励宝宝将蛋宝宝带着，然后"护蛋活动"就可以正式开始了。

(3)开始自由活动。小朋友们想玩什么都可以，如跳绳、打沙包、开火车等等。

(4)过一会儿，妈妈要检查一次，看谁的鸡蛋已经碎了。鸡蛋没碎的宝宝继续活动，看谁能坚持到最后。

(5)最后，"护蛋"成功的宝宝将是最优秀的爸爸妈妈，妈妈要为他们颁发奖品。

(6)让失败的鸡蛋爸爸和鸡蛋妈妈一起来总结，说出鸡蛋破碎的各种原因；也让成功的鸡蛋爸爸和鸡蛋妈妈向大家传授经验，谈谈自己是如何"护蛋"的。肯定的，所有"护蛋成功"的宝宝都做了一定程度的牺牲，比如整天都小心翼翼不敢有大动作等等，而这正是有责任感的表现。然后，妈妈就可以启发宝宝们思考一下自己的父母是如何保护孩子的，是不是也会为了一份责任而不辞辛劳，牺牲自己的玩乐或休息时间。

说明：

这个活动从宝宝的情感体验出发，让宝宝在一种自然的活动状态

中发挥其责任心。当然,不同的宝宝,其责任心是有差距的。但总的来说,护蛋成功的宝宝将体验到承担责任的愉悦感。同时,他们也懂得了,如果要护住鸡蛋,那么很有必要放弃一些自己喜欢的大运动游戏,但这种"牺牲"是值得的,有付出才有回报。这也会给护蛋失败的宝宝一些启示。

小提醒

　　宝宝其实是有天生的责任感的,特别是当他在承担一项充满感情的任务时。妈妈应有意识地多创造机会,让宝宝理解爱和责任。

　　妈妈还可以通过让宝宝饲养小动物的方式来培养宝宝的责任感。鼓励宝宝搜集饲养资料,向别人请教正确的饲养方法。培养宝宝责任感的同时,还让他懂得了生命的可贵。

【四】塑造感恩宝宝

小家伙一直都记得陪伴他长大的那棵老橡树——那棵长在爷爷家后院里的老橡树。

就是那一天，小家伙的爷爷送了他一支木头手枪，那是爷爷花去三天时间做成的。小家伙看到爷爷满是皱纹的手，感动得一塌糊涂。

"妈妈，我要给爷爷一个惊喜！"小家伙附在我耳边说，"请你再为我讲一次《老橡树上的黄丝带》这个故事吧！"于是，我又为他讲了一遍。小家伙说："我要像故事中说的那样做，让爷爷看到满是小卡片的老橡树！"

爷爷出去钓鱼了，小家伙就忙活起来……

"爷爷为我起了一个最好听的名字，谢谢爷爷！"这是第一张卡片的内容。

"爷爷花三天时间，为我做了一只木头手枪，我爱爷爷！"这是最后一张卡片的内容。

当爷爷回到家里，看着树上如蝴蝶般翻飞的卡片时显然是愣住了……也不知道说什么好，只是抱起了小家伙。小家伙则鬼鬼地说：这是我让妈妈挂上去的……

○ 种一棵感恩的树

有人曾说，一个人最大的悲哀就在于他总是认为这个世界没有给他任何东西。

感恩是一种美德，也是一种自足精神。懂得感恩的人心态平和，也就能以友善之心对待他人，并懂得尊重他人，同时也尊重了自己。

我们要让宝宝也学会感恩——从最简单的家庭生活做起。

很多妈妈因为爱宝宝、心疼宝宝，于是习惯了付出，不求回报。当然，这种自然而然发自内心的爱是无可厚非的。但如果妈妈的不求回报之心转移到宝宝那里，变成了理所当然的话，那么，这实际是对宝宝的一种误导。这种误导会影响孩子心志的发展，成为道德教育中的缺失。

所以，妈妈要让宝宝懂得感谢生命，感谢生活，哪怕是一点一滴，也会收获到幸福快乐。

那么，妈妈先来为宝宝种下一棵树吧！这是一棵真正的树，通过在现实生活中种"感恩树"的行为，逐渐地，将这棵"感恩树"种到宝宝心里去！

工具：

硬纸片、彩色笔、彩色棉线。

方法：

（1）先准备一棵树（或较大型的绿色植物），最好是常年绿色的树。

（2）为宝宝创设一个感恩的环境和氛围——这是妈妈的目的。所以，不必急着让宝宝去思考他应该对什么表示感恩，只是让他代替你去思考，妈妈应该感谢什么。

（3）"妈妈要感谢的东西太多了……"这时候，你可以让宝宝替你想出你需要感谢的事情，同时，你要开始在硬纸片上写下你自己的真实想法。比如"感谢父母养育了我"、"感谢朋友在我需要帮助的时候不遗余力"、"感谢保姆为我们做的好吃的"等。

（4）妈妈在写好感谢语句的硬纸片上画上一些图案,然后用棉线将硬纸片的一角穿起来,挂在树上。

（5）让宝宝目睹你所做的一切,当然,你还可以向他讲解你的父母是如何将你养育成人的,你的朋友是在哪种情况下对你伸出援助之手的。然后,你可以抱起你的宝宝,对他说:"宝宝也是我要感谢的人……妈妈下班回家,宝宝已经懂得了为妈妈倒水,妈妈要谢谢你!"说到这儿,你就将这句感谢的话写到卡片上,在卡片上画出宝宝的样子,并用棉线穿起来,挂在树上。

（6）做以上这些事的时候,其实就是在给宝宝思考的时间,这时,你就让宝宝说出他认为你应该感谢的其他人和其他事,然后将这些事写在卡片上,画上图,穿上线,挂在树上。

（7）最后,跟宝宝一起来欣赏这棵挂着卡片的树,让宝宝沉浸于感恩的氛围当中。

说明:

感恩开始于宝宝蹒跚学步时的家庭环境,宝宝的感恩教育其实就跟生活中其他很多事情一样,用不着刻意去教。宝宝在与妈妈的相处过程中,会用他敏感的心去感受你的一举一动,并能感受你的思想——宝宝是妈妈的镜子,他映射出的习性来自于你。所以,妈妈为宝宝创设了一个感恩的氛围,宝宝就会在潜移默化中学会感恩。

○ 认知幸福的来源，以行为感恩

接下来的这一个环节，也与这棵"感恩树"息息相关——感恩树结果实了，因为树上已经挂满了写满感谢话语的卡片，卡片多得无法再挂上其他卡片！那么，妈妈就带宝宝一起，收获一些"果实"吧！在收获的过程中，妈妈要让宝宝认识幸福的来源，并鼓励他以行为来感恩。

方法：

（1）妈妈跟宝宝讲，今天是感恩树结果实的日子——示意他用新卡片将过去的旧卡片更换下来。

（2）旧卡片换下来之后，妈妈跟宝宝一起来温习过去的语句。当读到"谢谢爸爸给我买的小自行车，我好喜欢！"的时候，妈妈则要促使宝宝将自己的幸福与幸福的施予者联系起来，让宝宝明白，他所享受到的一切都包含有别人的付出和奉献。比如，妈妈可以跟宝宝讲爸爸要上多少天班才能为他买一辆自行车等等，让他感受到别人的辛劳。

（3）又如读到"今天奶奶烤的蛋糕好香，谢谢奶奶！"的时候，妈妈则可以让宝宝设想一下，是不是奶奶在烤蛋糕的时候宝宝自己却正在外面玩球；或者也可以跟他讲讲奶奶烤蛋糕的步骤。让他再次体会到自己的幸福与别人的付出息息相关。

（4）当宝宝通过换位思考体会到了别人对自己的付出时，妈妈则可以问他是否也应当付出些什么以回馈给别人呢？

（5）与宝宝讨论一下，怎样做才能让别人感到幸福。爸爸会因为什么而幸福？也许宝宝可以为爸爸捶捶背，或者给他一个拥抱什么的……奶奶会因为什么而幸福呢？也许宝宝也可以亲手为奶奶烤一个蛋糕……小伙伴会因为什么而幸福呢？也许就是教他们叠五角星，他们很早就想学了，对了，还可以将写着感谢话语的卡片送给他们……

（6）让宝宝把他的设想一一记录下来，并让他付诸实践。

（7）当宝宝通过自己的实际行动让别人真正感到幸福的时候，妈妈依然要让宝宝制作卡片，譬如"奶奶吃了我做的蛋糕，很开心，我也很开心，谢谢奶奶，也谢谢自己！"借此让宝宝知道，付出和奉献其实也是一种幸福。

说明：

若宝宝不懂得以行为表达自己的感恩心，那么很可能他会认为他得到的一切都是理所当然的。甚至某一天，如果他遇到一件不遂自己心愿的事，他就会愤愤不平，那么，即使卡片挂满了枝头，感恩也成了空谈——而通过以上步骤，有助于宝宝认识幸福的来源，将感恩落到实处。

"感恩树"这项活动可以周而复始地一直进行下去，直到有一天，宝宝变得很懂事了，懂得在恰当的时候为奶奶搬椅子、为外公倒水、为小伙伴提供帮助、懂得自觉保护花草树木的时候，一个充满感恩意识，并懂得以行为感恩的宝贝就成长起来了。这时候，这棵感恩树上的卡片就可以作为宝宝的美好记忆，收藏起来，同时，宝宝心里的"感恩树"也就枝繁叶茂了。

科学技术文献出版社方位示意图

图书在版编目（CIP）数据

亲子假日/谭地洲，罗浠主编. –北京：科学技术文献
出版社，2006.8

ISBN 7-5023-5368-2

Ⅰ.亲 … Ⅱ.①谭… ②罗… Ⅲ.家庭教育 Ⅳ. G78

中国版本图书馆CIP数据核字（2006）第079675号

出　版　者　科学技术文献出版社
地　　　　址　北京市复兴路15号（中央电视台西侧）/100038
图书编务部电话　（010）58882909，（010）58882959（传真）
图书发行部电话　（010）68514009，（010）68514035（传真）
邮　购　部　电　话　（010）58882952
网　　　　址　http://www.stdph.com
E-mail：stdph@istic.ac.cn
策　划　编　辑　马永红
责　任　编　辑　马永红
责　任　校　对　赵文珍
责　任　出　版　王杰馨
发　行　者　科学技术文献出版社发行　全国各地新华书店经销
印　刷　者　北京高迪印刷有限公司
版　（印）　次　2006年8月第1版第1次印刷
开　　　　本　640×960　16开
字　　　数　166千
印　　　张　13
印　　　数　1–6000册
定　　　价　19.80元